Onna
syatyou
×
Osananajimi
Ane

両親が離婚したら、女社長になった幼馴染お姉ちゃんとの同棲が始まりました

著 Shiryu
画 うなさか

九条
Aine Kujo
愛音
「あっ、零くんだ」
愛姉ちゃんはまだ酔いが覚めていないようで、
話し方もまだ可愛らしいまま。
いや、そんなことよりも……。
「あ、愛姉ちゃん!?
服は!?」

愛姉ちゃんはバスタオルを
身体に巻いた状態で出てきてしまった。
スタイルが抜群で愛姉ちゃんの
豊満な身体が、バスタオル一枚でしか
覆われていない。
あ、危なすぎる……！

「零くんが、可愛すぎる……！」

「……はぁ、そうっすか」
志々目
Marie Shishime
麻里恵

「す、すご……！」
僕はソファに座りながら、
リムジンの中を見渡して
思わず声が出てしまった。

「これはすげえな、
椅子も柔らけえし」
神長倉
Ryuki Kanakura
竜鬼

CONTENTS × 目次

機密書類

両親が離婚したら、女社長になった幼馴染お姉ちゃんとの同棲が始まりました

著 Shiryu　　画 うなさか

Onnasyatyou × Osananajimi Ane

重要

登場人物紹介

Onnasyatyou × Osananajimi Ane

日馬零《くさまれい》

本作の主人公。とても優しくおっとりした性格。両親が離婚してから幼馴染の姉の九条愛音と一緒に暮らし始める。

九条愛音《くじょうあいね》

本作のヒロイン。クールな美人。
大人っぽく振る舞うが、おっちょこちょい。

九条心音《くじょうここね》

九条愛音の妹。日馬零の一個上の幼馴染。
零と同じ高校に通う一個上の先輩。

神長倉竜鬼《かなくらりゅうき》

日馬零の親友。外国人とのハーフで染めてないけど金髪で、強面なのでヤンキーと間違えられることが多い。

志々目麻里恵《ししめまりえ》

九条愛音の秘書。愛音とは同い年で高校からの同級生。
仕事でもプライベートでも愛音の相談をよく受ける。

神長倉凜/舞《かなくらりん/まい》

神長倉竜鬼の双子の妹。二人とも無邪気でとても可愛い。

プロローグ

春は、出会いと別れの季節。

とはいえ来年度から高校二年生になる僕、日馬零《くさまれい》にとってはまだ新学期を迎えてないので、この春休みの期間はそんなこと関係ないと思っていた。

新学期になってクラス替えがあるので、そこで出会いと別れが少しはあるけど、別に卒業や入学をするわけじゃないから、そこまで大きな出来事はないはずだった。

だけど……突如《とつじょ》、大きな別れの春が訪れてしまった。


「はっ？　両親が、離婚した？」

「……うん」

カフェのバイトの休憩中、友達の神長倉《かなくら》竜鬼《りゅうき》くんに、最近の別れについて話した。

つい一週間ほど前、僕の両親が離婚した。

「なんて言えばいいかわからんが……大丈夫なのか？」

「大丈夫だよ。別にショックとかは特に受けてないから」

さすがに突然すぎて驚いたけど、急な話だったからビックリしただけで、離婚という話にはそこまで驚かなかった。

僕の両親はそこまで仲が良いわけじゃなく、仲が特別に悪いわけでもなかった。

どっちもお互いの仕事が忙しくて、家に帰ってくるのが遅いので、家族で一緒に過ごすという時間は限りなく少なかった、もはやなかったと言っても過言ではない。

僕がもっと幼い頃は一人で留守番とかはできないから、近所の家に僕を預かってもらったりしていたのを覚えている。

そんな仕事一筋で忙しい両親が、なぜ結婚したのかわからない。

今まで離婚しなかった理由も、特に離婚する理由がないから、というだけだろう。

だけど今回離婚に決まった理由は、どうやらどっちも仕事の関係で海外に転勤するらしい。

何年も海外生活になるらしいので、「これを機に離婚するか」といった感じになったようだ。

……ドライすぎじゃない？　まあ知ってたけどさ、そんな両親だって。

「じゃあ零《れい》が春休みからバイトを始めようとしたのは、それがきっかけなのか？」

「そうだよ、両親が離婚して海外に行っちゃうから一人暮らしになるんだけど、少しでも自分で生活費を稼ごうかな、って」

「一人暮らしか……両親のどっちかについていこうとは思わなかったのか？」

「確かにそれも考えたけど、いきなり海外行くっていうのは未知すぎて怖《こわ》いよね」

「まあ、確かに」

海外についていくという道もあったけど、僕は日本で一人暮らしをすることを選んだ。

どっちについていくかを考えるのも面倒だったし、それだったら一人で残ったほうがいい。

もちろん両親は僕の生活費とか学費とかは今後も出してくれるけど、やっぱり僕も多少の遊ぶお金とかも欲しい。

最低限の生活費だけじゃ物足りないと思う。

それにカフェのバイトもやりたかったしね。

「そうか。大変だと思うが、なんかあったら言えよ。力になるから」

「ありがとう、竜鬼《りゅうき》くん。日本に残った理由の一つは、竜鬼くんがいるからっていうのもあるんだよ」

「……恥ずかしげもなく、よくそういうの言えるよな」

竜鬼くんは少し照れたように鼻を鳴らして目線を逸《そ》らした。

やっぱり竜鬼くんは男らしくてカッコいい。

大人と間違えられるくらい体格が良く、身長も高い。

髪は金色なのだがこれは染めているわけじゃなく、親の遺伝らしい。

ハーフだからか顔立ちがキリッとしていて、いつも眉間《みけん》にしわを寄せていて少し怖い印象を受けるけど、とてもいい人だ。

ここのカフェのバイトも竜鬼《りゅうき》くんが紹介してくれた。

「そろそろ休憩も終わりだ。行けるか？」

「うん、もちろん」

まだバイトを始めて数日だから慣れてないけど、頑張らないとね。

より一層気合いを入れて、僕と竜鬼くんは仕事に戻った。


仕事に戻って数十分が経った頃だろうか。

フロアでお客様を案内したり水を出したり、まだ慣れない仕事をこなしながら接客をする。

お店のドアが開く音が聞こえ、反射的に「いらっしゃいませー」と言いながらそちらを見た。

一人の女性が立っていた。

長い髪がドアから入ってきた風で綺麗《きれい》に揺れているのが、まず目に入った。

黒くて綺麗な髪、一部だけワンポイントとして銀色になっていた。

服はタイトなスカートのスーツ姿で、よく見なくてもスタイルがとても良いとわかる。

顔立ちも綺麗で、少し吊《つ》った大きな目で店内を見渡している。

無表情で立つ姿がとても様になっていて、カッコいい女性、誰が見ても美人だと言うくらいの女性だ。

いつもならバイト中だから容姿なんてパッとしか見ずに、お客様に近づいて席を案内するるん

だけど、なぜかその女性だけは一瞬見入って立ち止まってしまった。

綺麗《きれい》な女性というのはもちろんそうなんだけど、なんだかどこかでその女性を見たことがあるような気がした。

すぐにハッとして自分の仕事をしなければと、その女性に近づく。

「いらっしゃいませ、お一人様でしょうか？」

教わった通りに女性に接客をしようとしたら、その女性が僕の顔を見て目を見開いた。

「……ふふっ、変わってないな」

「はい？」

「久しぶりだな、零《れい》。元気そうで何よりだ」

「え、えっ？」

女性は僕の顔を見て、笑みを浮かべながら話しかけてきた。

誰だろう、こんな綺麗な女性、僕の知り合いにはいないと思うんだけど……。

だけど女性はしっかり僕を見て、僕の名前を呼んだ。

「ご、ごめんなさい、どちら様でしょうか……？」

失礼になると思うけど本当に覚えてないので、正直に尋ねた。

「覚えてないか、それも仕方ない。最後に会ったのは十年前で零は幼かったし、私もここ十年で容姿が変わった自覚もある」

「十年前……」

つまり僕が五歳とか六歳のころだ。

まだ小学校に上がってない頃の記憶はおぼろげだけど、近所の友達の家によく遊びに行っていたのは覚えてる。

一個上の友達の家、そこにいた友達のお姉ちゃんとよく遊んでいた。

そのお姉ちゃんは結構年が離れていて、確か十歳くらい……えっ、もしかして。

「愛音《あいね》、お姉ちゃん？」

「っ！　零、覚えてるのか？」

「えっ、本当に、愛姉ちゃんなの？」

「ああ、そうだ」

その女性——九条《くじょう》愛音は、柔らかく微笑《ほほえ》んだ。


その後、僕は驚きながらも自分の仕事を思い出し、愛姉ちゃんを席に案内した。

一度愛姉ちゃんの元から離れ、水を取りに厨房へと行く。

「零、あの人は知り合いなのか？」

僕と愛姉ちゃんのやりとりを見ていたのか、竜鬼《りゅうき》くんにそう問いかけられた。

「うん、一応そうなんだけど……」

「なんだ、あまり覚えてなかったのか？」

「いや、覚えてるよ。本当のお姉ちゃんみたいに慕ってたからさ」

小さい頃に遊びに行った近所の家のお姉さん、それが愛姉ちゃんだ。

その頃から両親は家を空けることが多くて、家族というものに憧れていた僕は年上の愛姉ちゃんにすごく懐いていた。

十年近く前から会わなくなっていたけど、ずっと遊んでもらっていたのを覚えている。

だけど愛姉ちゃんと会うのは、本当にとても久しぶりだ。

「そうか。まあとりあえず水を出して注文聞いてこいよ」

「うん」

僕は水を持って愛姉ちゃんが座っている席に向かう。

やっぱり愛姉ちゃんだとわかった今でも、違和感が強い。

九条愛音《くじょうあいね》、僕が小さい頃に両親が家にいないので、預けてもらっていた家で遊んでくれたお姉ちゃんだ。

どんな遊びをしたかとかはあんまり覚えてないけど、愛姉ちゃんの容姿くらいは少し覚えているが……今の愛姉ちゃんと全然似ても似つかない。

髪は昔から黒くて長かったけど、あんなに艶のある綺麗《きれい》な美しさはなかった。

それに差し色で銀色が入っているのが、とてもカッコいい。

昔は眼鏡《めがね》をかけていたとも思うけど、今はコンタクトなのかな、結構それでも印象が違う。

全体的な印象として、なんか、とても綺麗になった。

一人で席に座って肘《ひじ》をつきながら窓の外を見ている愛姉ちゃんだけど、それだけですごい絵になる。

隣に座っている女性二人組が、思わず見惚《みと》れてしまっているくらいだ。

スーツ姿がとても様になっていて、同性でも憧れるくらいカッコいいのだろう。

僕が近づいていることに気づいたのか、こちらを見てニッコリと笑う。

その笑みが綺麗でドキッとするけど、どこか懐かしい感じがする。

僕が愛姉ちゃんだと気づいた時に見せたさっきの笑みも、やっぱり昔に遊んだお姉ちゃんの雰囲気だと思った。

本当に懐かしいなぁ。小さかったからあまり覚えてないけど、本当に大好きで……愛姉ちゃんとずっと一緒にいたくて、家にお邪魔していることもあった。

「お待たせしました、ご注文はお決まりでしょうか？」

「ふふっ、様になってるな、零《れい》」

「えっ、そ、そうかな？」

「ああ、とてもカッコいいぞ」

「あ、ありがとう……あっ、ご注文は？」

少し照れてしまったが、すぐに気を取り直して愛姉ちゃんから注文を聞く。

ホットコーヒーと注文を受け、厨房に戻ろうとした時に愛姉ちゃんからまた声をかけられる。

「零《れい》、バイトは何時に終わる？」

「えっ？　えっと、あと一時間くらいかな」

「そうか、零に大事な話があるから、終わったら話そう」

「わ、わかった」

「ん、じゃあバイト頑張って」

大事な話って、いったいなんだろうか。

もしかして愛姉ちゃんは偶然このカフェに入って僕に会ったのではなく、僕が最近ここでバイトを始めたと知っていたのかな。

とりあえず愛姉ちゃんの話が気になるけど、ちゃんと仕事をしないと。


そして一時間後。

僕のバイトの時間が終わり、カフェの制服も着替えて帰る準備をした。

「お疲れ様でしたー。竜鬼《りゅうき》くんも、お疲れ様」

「ああ、お疲れ。またな」

僕よりも後に入った竜鬼くんは、終わる時間ももうちょっと後だ。

挨拶《あいさつ》をして先に上がり、ずっと店内で待ってくれていた愛姉ちゃんの元へ。

愛姉ちゃんはコーヒーを飲みながらパソコンを開いてカタカタとキーボードを打っている。

なんだかすごいデキる女性、って感じがしてカッコいい。

「愛姉ちゃん、お待たせ」

「零、お疲れ。早速話をしたいのだが、店を出て歩きながらでも大丈夫か？」

「うん、大丈夫だけど」

「じゃあそうしよう」

「あ、カップ返してくるよ」

愛姉ちゃんが飲んでいたホットコーヒーのカップを持って、食器返却口に置いた。

「ありがとう、零」

「これくらい当然だよ」

僕のために一時間も待たせてしまったのだから。

「ふふっ、零はやはり変わってないな。昔から優しいままだ」

「そ、そうかな？」

「そうさ、私が昔から好きな零のままだ」

そんな恥ずかしいことを言われると、顔が熱くなってしまう。

愛姉ちゃんが優しい笑みを浮かべて僕を見てくるから、小さい子供の可愛らしい行動を褒められてるような感じがして、余計に恥ずかしい。

とりあえず僕たちは外に出て、愛姉ちゃんについてくように歩いていく。

陽は沈みかけていて、空はオレンジ色に染まっている。

僕たちの目の前には一際《ひときわ》大きな建物があり、それが太陽を遮っているから眩《まぶ》しくない程度に空を見上げることができた。

「それで愛姉ちゃん、大事な話って？」

「ああ、そうだったな。零《れい》には少し聞き辛いが……零の両親、離婚したのだろう？」

「うん、知ってるの？」

「最近聞いたが……大丈夫か？」

「うん、大丈夫だよ。離婚したのはビックリしたけど、そこまでショックなことではなかったから」

「そうか……それで、ここからが大事な話なんだが」

愛姉ちゃんは一度立ち止まり、僕のほうに向き直って言う。

「零、私と一緒に住もう」

「……えっ？」

しっかりと言葉は聞こえて意味はわかったのだが、思わず聞き返してしまった。

ど、どういうこと？

愛姉ちゃんと、一緒に住む？

「な、なんでいきなりそんな話に？」

「零の両親が離婚して海外に行くんだろう？　そうすると零は一人暮らしになってしまう」

「う、うん、そうだね」

「だから一緒に住もう、ということだ」

「いや、だからそれがなんで？」

なんでいきなり愛姉ちゃんと僕が一緒に住む、ということになるのだろうか。

「私も一人暮らし、零も一人暮らし。それなら一緒に暮らしたほうが寂しくないだろう？」

「そういう問題なの？　というか愛姉ちゃんも一人暮らしなんだ」

愛姉ちゃんとはずっと会っていなかったけど、その理由は愛姉ちゃんが家を出たからだ。

確か愛姉ちゃんが高校を卒業した時に家を出たと、愛姉ちゃんの妹で僕の幼馴染《おさななじみ》、心音《ここね》ちゃんから聞いていた。

「なんだ？　二十五歳になるのにまだ独身で可哀想《かわいそう》な女、とでも言いたいのか？」

「い、いや、そんなこと全く思ってないよ」

「そうか、そうだよな。零は私の秘書みたいに性格が悪くないよな」

秘書さんには言われてるんだ……ん？　秘書？

愛姉ちゃん、秘書なんて雇ってるの？

あんまりよくわからないけど、なんか秘書を雇う人ってすごいイメージがあるんだけど……。

「もう零《れい》のご両親からは許可を貰《もら》っている。ご両親も零を一人暮らしさせるのを少し心配していたようだ。自分たちのワガママで寂しい思いをさせてしまう、ともな」

「……そっか」

あの二人は今回離婚するけど、別に二人は仲が悪いわけじゃない。

僕も両親と仲が悪いわけじゃなく、ただあの二人は家族よりも仕事が大事だったというだけ。

人の心や親の心が全くないわけじゃないから、やはり僕を一人残すのは少し心苦しいとは思ってくれていたのかな。

とはいえ、愛姉ちゃんとそんな話があったのなら、言っといてくれればよかったのに……。

「だからそれなら私が零と一緒に住みます、と言って許可を貰ったのだ」

「そ、そうなんだ。だけど愛姉ちゃんのお世話になるのは少し気が引けるというか……」

昔に仲良くしてもらってたというだけで、いきなり一緒に住まわせてもらうというのは、さすがに図々しすぎるのではないだろうか。

「なんだ、零は私と一緒に住みたくないか？」

「い、いや、そういうわけじゃないよ」

十年前のこととはいえ、愛姉ちゃんと遊んだ時のことは覚えている。

久しぶりに会ったけど無意識に昔のことを思い出していて、やっぱり話していて心地がいいというか、とても安心する。

だけど容姿が大人の女性っていう感じになってるからか、時々ドキッとすることがあるけど……。

「そうか、それはよかった。住みたくない、なんて言われたら二年間は落ち込みすぎて仕事もできなくなるところだったぞ」

「そ、それは言い過ぎじゃない？」

「ふふっ、どうかな。もちろん私も零と住みたいから、ご両親に提案したのだ。遠慮などいらないぞ」

「うーん、だけど……やっぱり迷惑にならないかな？　ほら、二人だと生活費も倍になると思うし、部屋も狭くなっちゃうし」

僕は今すでに一人暮らしなので、結構狭いマンションのワンルームで暮らしている。

僕一人だったら別に問題はないけど、愛姉ちゃんも入れて二人となるとさすがに狭いと思う。

それに部屋も一つしかないので、その、寝るところとかも一緒の部屋になっちゃうし……。

「部屋の問題や生活費の問題は心配するな。私、社長だから」

「……えっ？　社長？」

「ああ、今はある会社の社長をしている。子会社とかもあるから、自分で言うのもあれだが結構大きな会社だ」

「す、すごいね……」

僕は驚きすぎて、とても気の抜けた返事をしてしまった。

だって子供の頃に遊んでいた愛姉ちゃんが、社長になっているなんて全く思わなかったから。

「だから金の問題は心配するな。私の総資産は零《れい》が聞いたらドン引きするくらいの額だ」

「な、なんか想像できるようなできないような……」

「零がたとえ『プライベートジェット機が欲しい』とワガママを言っても、余裕で買ってあげられるくらいだと思えばいい」

「そんなワガママ言わないよ!?」

あとジェット機ってどのくらい高いのかも想像できないけど!?

「あとは部屋の間取りの話だが、それも大丈夫だろう。そろそろ私が住んでいるところに着くが、ここから見ても広いということは予想できるはずだ」

「ここから見ても？」

そういえばずっとどこか目的地に向かって歩いているようだったが、目的地は愛姉ちゃんの家だったらしい。

ここから見えるということだけど……どこだろう？

いろんな住宅とかマンションが並んでいるけど、どこも大きくて圧倒される。

僕が周りを見渡すのを見て、愛姉ちゃんは微笑《ほほえ》ましそうに言う。

「ふふっ、本当は歩き始めた時から見えていたんだがな」

「歩き始めた時から？」

ということはカフェを出てずっと見えてたってこと？

結構歩いてるから、カフェの前から見えているマンションならとっくに通り過ぎてるんじゃないの？

……えっ、待って、まさか。

「も、もしかして……ずっと目の前にある、あれ？」

「ああ、それだ」

夕陽をずっと遮っていた大きな建物。

カフェを出てずっと見えていて、愛姉ちゃんはその建物に向かって歩いていて……あと数分歩けば着く、あの建物。

見上げないといけないくらい高い建物、あれが愛姉ちゃんが住んでいる、マンション？

「いわゆるタワーマンションというところだ。あそこの最上階、六十階だ」

「六十……!?」

六十って、地上何メートルの高さなの!?

「高所は大丈夫か？　怖《こわ》かったらすぐに二階とかに移るが」

「い、いや、それは大丈夫だけど……」

むしろ僕が高所恐怖症だった場合、そんな簡単に二階とかに引っ越せるほうが怖《こわ》い。

もしかしてあのタワマンの全部の部屋を所有してるのかな？　……怖くて聞けないけど。

「あそこの最上階は一人で住むには逆に広すぎるからな。零《れい》がいないと私は寂しくてあそこから引っ越さないといけない。だから一緒に住んでもらわないと、逆に困るな」

「そ、そっか……」

すでに外堀は完全に埋められていたようだ。

僕の両親の許可は取っていて、社長だから二人で暮らすには十分すぎるくらいお金もあって、二人で住むには大きすぎる部屋が用意されていて……。

「ほ、本当に一緒に住んでいいの？　僕はすごい嬉《うれ》しいんだけど、愛姉ちゃんに迷惑がかかる気がして……なんでここまでやってくれるの？」

それだけがずっと疑問だった。

確かに十年前にすごく仲良くしてくれた覚えはあるけど、それは僕が五歳、愛姉ちゃんが十五歳くらいの頃だ。

そんな昔に仲良かっただけの僕に、なんでここまで……。

隣にいる愛姉ちゃんのほうを見ると、口角を上げて笑っていて、だけどなぜか目だけは悲しそうで……。

「覚えてない、か……」

「えっ？」

本当に小さな呟《つぶや》きで隣にいてもほとんど聞こえなかった。

「いや、なんでもない。なぜここまで、という理由か。それなら簡単だ、零が私の弟だからだ」

「お、弟？」

「もちろん血は繋《つな》がってないぞ？　だけど私は零を家族だと思っている。十年前にたった数か月ほど遊んだだけだが、家族だという認識はこの十年間ずっと変わってない」

「愛姉ちゃん……」

「ふふっ、零が私と会ってすぐにその呼び方をしてくれて本当に嬉しかったぞ」

愛姉ちゃんはそう言って綺麗《きれい》な笑みを見せた。

初めて会った時に見せたドキッとする笑顔で、だけどどこか懐かしく安心する笑顔。

久しぶりに会ったけど「愛姉ちゃん」という愛称がスッと出るくらい、僕も愛姉ちゃんのことは家族として思っていたのかもしれない。

両親とはあんまりしっかりした家族にはなれなかった。

血は繋がっているけど、両親は仕事を優先してほとんど家族として暮らせないまま、離婚してしまい本当に家族ではなくなってしまった。

だけど……愛姉ちゃんとなら、家族になれるかもしれない。

「愛姉ちゃん……本当に、一緒に住んでいいの？」

「何度も言っているだろう？　私は弟である零《れい》と、一緒に住みたいんだ」

「……うん、ありがとう。僕も愛姉ちゃんと、一緒に住みたい」

僕がそう言うと愛姉ちゃんはまた優しく微笑《ほほえ》む。

「そうか、よかった。じゃあ零、一緒に帰ろう。私たちの家へ」

「うん」

そして僕と愛姉ちゃんはまた歩幅を一緒にして歩き始めた。

帰る場所というのがタワーマンションというのが、ちょっと緊張するけど。


両親が離婚してしまい突然の別れが降ってきたと思ったら。

その直後に愛姉ちゃんとの出会いが舞い込んできた。

やっぱり春は、出会いと別れの季節のようだ。

　エレベーター、なっがい……。

　庶民である僕が初めてタワマンに入った時に、心の中で思ったことだ。

　六十階建ての最上階までいくエレベーター、単純に上に着くまでの時間が長い。

　そりゃそうだよね、六十階なんだから。本当に地上何メートルの高さなんだろうか。

　愛姉ちゃんと一緒に最上階まで上がり、綺麗《きれい》で静かすぎるタワマンの廊下を歩く。

「やっぱり防音がしっかりしてるのかな、すごい静かだね。他の人がいないみたい」

「他の人はいないぞ。この階は一部屋しかないからな、確かに防音もしっかりしているが」

「……そう、なんだ」

　タワマン最上階の六十階で一部屋……家賃がいくらかかるのか、想像もできない。

　愛姉ちゃんがとんでもなく稼いでいる社長、ということはもう理解した。

　一室しかないということで、確かにドアが一つしかない。

　愛姉ちゃんが鍵を開けて先に中に入り、

「零、今日からここが私たちの家だ」

そう言って僕を中に迎え入れてくれる。

……うわー、ひっろい玄関だなぁ。

エレベーターの時と同じような感想になってしまったが、仕方ないだろう。

庶民である僕がこんな豪華で綺麗《きれい》な部屋を見た感想なんて、大きさくらいしか出てこない。

玄関が広くて綺麗すぎて、玄関に入る前に靴を脱いだほうがいいと思うくらいだ。

「ほら、中に入るぞ」

「う、うん……」

愛姉ちゃんに言われて僕も靴を脱いで、中に入っていく。

廊下も広く、いくつものドアが左右にあった。

愛姉ちゃんに「こっちはトイレで、こっちはお風呂だ」と軽く説明をされながら、正面のドアを開けて一緒に入る。

「うわぁ……！」

この部屋のリビングに入って、思わず声が出てしまった。

広すぎる。天井も高く……というか天井にシャンデリアがあるんだけど、初めて見た。

リビングには大きなソファ、大きなテレビが壁に取り付けられていて、とても綺麗な絨毯《じゅうたん》も床に敷かれている。

そしてさらに驚くのは、壁の一面がガラス窓で外の景色が一望できることだ。

僕はリビングに入ってそのガラス窓のほうに近づき、夕陽や下の街を見下ろす。

高すぎて少しビックリするけど、とても綺麗でいい景色だ。

「零《れい》が高所恐怖症じゃないみたいでよかった。怖《こわ》かったらその窓に近づくのは無理だからな」

「いや、さすがにちょっと怖いけど。だけどそれ以上に、すごい景色だね」

「ふふっ、気に入ってもらってよかったよ」

「本当に僕がここに住んでいいの？」

今まで普通の家に住んでいた僕が、こんなすごいところに住むのは腰が引ける。

それに完全に愛姉ちゃんのお金で住むわけだから、さらに申し訳なく思ってしまう。

「見ればわかると思うが、ここは一人で住むには広すぎるからな。一緒に住んでもらわないと、私が困るぞ」

「いや、二人で住むにも広すぎると思うけどね……」

こんな広い部屋、何人で住めばちょうどいいのかよくわからない。

とりあえず一人や二人ではないことは確かだ。

「そんなにあれだったら、二階に移動するか？　ここよりも狭くなると思うが」

「……一応聞くけど、なんでそんな簡単に二階にいけるの？」

「このタワマンは私が一棟丸ごと買い取ったからな。私が使っても問題ないだろう。二階はまだ空き部屋があったはずだ」

「……そうなんだ」

最上階どころじゃなかった。このタワマンごと、愛姉ちゃんのものだった……。

もう僕じゃ考えられないくらいのお金が動いているのだろう。

「どうする？　二階にするか？」

「いや、大丈夫。ここでいいよ……っていう言い方もあれだけど」

タワマンの最上階に来て「ここでいい」なんて言うとは夢にも思わなかった。

「ふふっ、そうか。とりあえず、今日からここが私と零《れい》の家だ。遠慮せずにくつろいでくれ」

「うーん、くつろげるようになるには時間かかると思うけど」

「すでに零の部屋は準備してあるから、そこでゆっくりすればいい」

「えっ、そうなの？」

「ああ、だが机などの最低限のものしか置いてない。零が今まで住んでいた部屋から荷物とかを届けるように、あとで引っ越し業者に手配しようか」

「あ、ありがとう」

確かに今まで住んでたところに服とか荷物とかいっぱいあるし、それは助かる。

「零の部屋はさっきの廊下に戻って、右手にある部屋だ」

そう言われて僕はリビングを出て廊下に戻った。

「こっちかな？」

「あっ!?」

　僕が廊下に出てすぐ右手にあった部屋のドアを開けようとしたら、愛姉ちゃんが後ろで少し大きな声をあげた。

「ちょ、ちょっと待て！」

「えっ、な、何？」

　ドアノブに手をかけたところで僕は驚きながらも立ち止まる。

「そ、そこは私の部屋だった。玄関から右手の部屋、と間違えてしまっていた。リビングから廊下に出たら左手にある部屋が零の部屋だ」

「あ、そうなんだ」

　僕がドアノブを離したところで、愛姉ちゃんはあからさまにホッとしていた。

「すまない、私の部屋は……仕事部屋になってるから、あまり開けないでくれ。大事な書類とか、その、色々あるからな」

「う、うん、わかったよ」

　愛姉ちゃんは社長のようだから、大事な書類や見られちゃいけない書類などもあるのだろう。だけどなんか愛姉ちゃんは気まずそうに目線を逸《そ》らしながら言ってたけど、そんなに僕に見られちゃいけないものがあるのかな？

　女性の部屋だし、男の僕に見られたくないものもあるのかもしれない。

もちろん勝手に入るつもりはないけど、間違っても入らないように気をつけよう。

僕の部屋は愛姉ちゃんの部屋の正面にあって、ドアを開けるとこれまた広かった。

その中に大きなソファと綺麗《きれい》な机があり、この部屋にもリビングほどじゃないけど少し大きなテレビがついていた。

もしかして、全部屋にソファやテレビがあるのだろうか……すごすぎる。

「隣にベッドルームがある。この部屋からも入れるし廊下からも入れる」

「す、すごいね……」

部屋の中にあったドアを開けると、確かに大きなベッドがあった。

キングサイズ……なのかな、この大きさは。

大人が二人は余裕で寝転がれるくらいの大きさだ。

このタワマンに来てから、ずっと大きさで驚かされている。

……あれ、ちょっと待って。

ベッドルームで、キングサイズの大きさで、大人が二人は寝転がれるベッド……。

そこまで考えて、まさかと思って顔が赤くなってきてしまう。

え、待って、もしかして……チラッと愛姉ちゃんの方を見ると、目が合った。

「零《れい》、どうした、顔が赤いぞ？」

「あ、あの……もしかして、ベッドって、これ一つなの……？」

完全に一室がベッドルームになっていて大人が二人……僕と愛姉ちゃんが寝転がっても余裕があるベッド。

ベッドがこれ一つだけで、愛姉ちゃんと同じベッドで毎日寝るとしたら……！

「ん？　どういう……！　ああ、そういうことか」

愛姉ちゃんが気づいたのか、僕の赤くなった顔を見て微笑《ほほえ》ましそうにする。

「ふふっ、ベッドルームは二つあるぞ。この部屋を出た正面の部屋が、私のベッドルームだ」

「あ……そ、そっか、そうだよね！」

は、早とちりしてしまった……！

恥ずかしい勘違いを誤魔化《ごまか》すように、僕は「あはは……！」と苦笑いをする。

それを見た愛姉ちゃんが「ふふっ」と笑った後、

「零が望むなら……一緒のベッドで寝てもいいぞ？」

と僕の耳元に顔を近づけ、囁《ささや》いた。

「えっ!?　ちょ、あ、愛姉ちゃん!?」

僕は顔だけじゃなく身体《からだ》が一気に火照ったように熱くなってしまう。

「零、どうする？　私はどちらでも構わないが」

「い、いや、その……！」

愛姉ちゃんの顔を見ると、さっきまでの笑顔とは違う、艶っぽい大人の笑みを浮かべていた。

「っ……！」

「……ふふっ、冗談だ」

「えっ……？」

その言葉に僕が呆然《ぼうぜん》としていると、愛姉ちゃんはおかしそうに笑う。

「さすがに高校生になった零《れい》と一緒に寝るわけにはいかないだろう」

「あっ……そ、そうだよね」

「なんだ、本当に一緒に寝たかったか？」

「い、いや、そんな、一緒に寝たいなんて全然思ってないよ！」

「そこまで否定されると私も悲しくなるが」

「えっ、あ、えっと……」

一緒に寝たいと言っても引かれるかもしれないし、一緒に寝たくないと言っても愛姉ちゃんが悲しがるし……八方塞《ふさ》がりになってしまった。

「零の小さい頃は『あいねえちゃん、一緒にお昼寝しよう！』って言っていたが」

「えっ!?　ぼ、僕そんなこと言ってたの!?」

「ああ、とても可愛かったぞ？」

「は、恥ずかしいからやめて……！」

うろ覚えだけど、確かにそんなことを言っていた気がする……！

「今度、また一緒にお昼寝しようか？」

「っ……だ、大丈夫だから！」

からかうようにそう言う愛姉ちゃんに、僕は恥ずかしさを振り切るようにそう答えた。

愛姉ちゃんは「そうか」と笑っていたので、僕はちょっとムッとしたけど……なんかこういうやりとりが家族っぽくて、嬉《うれ》しいという気持ちもあった。


その後、リビングに戻ると窓の外はすっかり日も落ちていた。

愛姉ちゃんがリモコンのボタンを押すと、大きな窓の上からブラインドが降りてきて外が見えなくなった。

ハイテクすぎてなんだか感動する。

「もう夜か。そろそろ夕飯にするか？」

「そうだね。じゃあ僕が作るよ」

「えっ、零、料理できるのか？」

「もちろん！」

両親がずっと家にいなかったので、料理は僕がずっと作ってきた。

あまり凝ったものは作れないけど、だいたいの料理はレシピがあれば作れると自負してる。

「作ってくれるのは嬉しいが、バイトで疲れてないか？」

「全然大丈夫だよ。何か食べたいものとかある？」

「なんでもいいが……その、冷蔵庫にあまり食材がないかもしれない」

そう言われて僕はキッチンの冷蔵庫を開けてみてみたが、確かにあまりなかった。

調味料とかも最低限のものしかない。

「私も最近ここに引っ越してきたから、まだ、その、料理とかはしてないのだ」

「そっか……簡単なやつでも大丈夫？」

「えっ、作れるのか？」

「うん、チャーハンだけど」

炊飯器を開けると、ちょうど二人分くらいのご飯は余っていた。

「凝ったものは作れないけど、いいかな？」

「もちろん大丈夫だ。作ってくれるならとても嬉《うれ》しいぞ」

「わかった、じゃあ待ってて」

そして僕はキッチンでチャーハンを作り始める。

包丁で具材を切って、フライパンに入れて……とやってる間、愛姉ちゃんがキッチンを覗《のぞ》くようにずっと近くで僕の料理している姿を見ていた。

「あ、愛姉ちゃん、その、別にずっと見てなくてもいいんだよ？　ソファとかでゆっくりテレビでも見て待っててくれれば……」

もしかして僕が怪我《けが》をするかもしれないとでも思ってるのかな？

愛姉ちゃんの顔はとても微笑《ほほえ》ましいものを見るかのように穏やかに笑っていた。

「いや、私はテレビよりも零《れい》が料理しているところを見ていたい。そっちのほうが楽しいぞ」

僕の料理している姿を見て、そんなに楽しいとは思えないけど。

「そこまでじっと見られるとやりにくいんだけど……」

「慣れてくれ。これから毎回するかもしれないのだから」

「えっ、毎回料理の度に見てくるの？」

「ふふっ、どうだろうな」

愛姉ちゃんは楽しそうに、子供の成長を見守るような表情で僕の調理をずっと眺めていた。

僕は気恥ずかしい気持ちでいっぱいだったが、十五分程度で二人分のチャーハンを作り終わった。

「できたよ。まあ見てればわかると思うけど」

「ああ、ありがとう。とても手際がよかったな」

お皿をテーブルに運んで、僕と愛姉ちゃんは対面に座る。

「本当に美味《おい》しそうだ……いただきます」

「いただきます」

両手を合わせて二人でそう言ってから、スプーンを手に取りチャーハンを食べる。

うん、いつも通りの味だ。

作り慣れてしまったから味見をするのを忘れていたけど、ちゃんとできていたようだ。

そう思いながら愛姉ちゃんのほうを見ると、目を丸くしていた。

「美味《おい》しい……」

「そう？　よかった。ちょっと薄いとかない？」

だけど調味料や食材も最低限しかなかったから、普通すぎるかもしれない。

「いや、とても美味しいぞ。こんな美味しいチャーハン、初めて食べた」

「それは言いすぎじゃない？」

特に愛姉ちゃんなんて、こんなタワマンを丸ごと買えるほどの人だ。

今までいろんな美味しいものを食べてきたはず。

だけど愛姉ちゃんはいたって真面目《まじめ》な顔で、チャーハンを食べながら言う。

「本当だ、嘘《うそ》はつかない。私にとってはこれが今まで食べた中で、一番美味しいチャーハンだ」

「そ、そう？　それなら嬉《うれ》しいけど……」

「それにこうして誰かに作ってもらって、一緒に食べるというのが本当に久しぶりだから、さらに美味しく感じるな」

美味しそうに食べてくれる愛姉ちゃん。そんなに喜んでくれると僕も嬉しくなる。

「僕も、久しぶりに誰かと一緒に食べたかな」

「そうなのか？　学校ではどうなんだ？」

「昼休みはもちろん友達と一緒に食べるんだけど、夕飯とか朝ご飯はいつも一人だったから」

「……そうか」

「それに家で誰かと一緒に……その、家族と一緒にご飯を食べるって、特別でしょ？」

僕は少し恥ずかしかったけど、愛姉ちゃんに笑ってそう言った。

愛姉ちゃんもちょっと驚いた顔をしたけど、すぐに笑みを浮かべた。

「ああ、そうだな……とても特別なものだ」

「うん……僕もいつもより、美味しく感じる」

ぶっちゃけ自分で作った料理は、そこまで美味しく感じなくなってくる……というと語弊《ごへい》があるけど、やはり慣れてきてしまう。

だからこそ新しい料理に挑戦したりするけど、今日は何回も作ったことがあるチャーハン。

それでも、愛姉ちゃんと一緒に食べるだけで、なぜかいつもよりも美味しい。

「これからも作ってくれるか、零《れい》」

「もちろん、毎日作るよ！」

僕がそう言うと、愛姉ちゃんは嬉しそうに笑って「ありがとう」と言った。

「そういうば愛姉ちゃんは、今までずっとどこで暮らしてたの？」

「んっ？」

チャーハンを食べながら、僕は愛姉ちゃんに気になっていたことを問いかける。

「高校卒業と一緒に家を出たってのは、心音《ここね》ちゃんから聞いてたんだけどさ」

「っ、そうか、心音が……」

心音ちゃんは愛姉ちゃんの実の妹で、僕の幼馴染《おさななじみ》だ。

年は一個上だけど、小さい頃から心音ちゃんとはよく遊んでいた。

心音ちゃんの名前を出すと、愛姉ちゃんは軽く笑みを浮かべているが、落ち込んだような雰囲気になる。

「えっと、心音ちゃんが愛姉ちゃんと全然会ってないって、聞いてたけど……」

愛姉ちゃんの雰囲気が変わってしまったので、もしかしたら聞いちゃいけなかったことだったかもしれない……。

「そうか……実家には、ほとんど帰ってないな。社長になるまでは友人とルームシェアをしていて、お金に余裕が出てきてから一人暮らしだな」

「そ、そうだったんだ」

やっぱり愛姉ちゃんは、あまり家には帰ってなかったのか。

なんで帰らないのか聞きたいけど……さっきの愛姉ちゃんの雰囲気を思い出すと、躊躇《ためら》ってしまう。

心音ちゃんや実家の話になったら、一気に雰囲気が暗くなってしまったから。

「一人暮らしは結構長いの？」

結局、僕は愛姉ちゃんの暗い雰囲気を払拭《ふっしょく》するように話題を変えた。

「ああ、ここ数年は一人暮らしをしている」

「そうなんだ。じゃあ自炊とかしてた？」

「ん？　じ、自炊か？　もちろんしていたぞ」

「そっか、じゃあいつか愛姉ちゃんの手料理食べてみたいな」

僕も誰かに作ってもらって一緒に食べる、というのをあまり経験したことがない。

「……えっ」

僕が気軽に言った言葉に、愛姉ちゃんのチャーハンを食べる手が一瞬止まった。

「ん？　どうしたの？」

「い、いや……私の料理も、食べたいか？」

「うん、えっと、ダメ？」

僕に食べさせたくない理由でもあるのかな？

「い、いや……もちろん大丈夫だ。零《れい》のためだったら作るさ」

「よかった、すっごい楽しみだなぁ」

愛姉ちゃんの料理なんて、小さい頃も食べた覚えがない……僕が覚えてないだけだったら失礼だけど。

「ただその、私も仕事で忙しいから……少し待ってくれ」

「ああ、そうだった」

こうして喋《しゃべ》っていると忘れてしまうけど、愛姉ちゃんは社長だった。

社長なんてとても忙しそうだから、料理なんて作る時間もないかもしれない。

「無理しなくていいからね。忙しいなら別に大丈夫だから」

「いや、それくらいは大丈夫だ。必ず約束は守るさ」

愛姉ちゃんはそう約束してくれたが、なんだか重く捉《とら》えすぎな気がするけど……。

「じゃあ愛姉ちゃんは仕事で忙しいから、家事は僕に任せて」

「いや、もちろん多少はやってもらうが、全部を任せるつもりはないぞ。家族なんだから、協力しないと」

「いやいや、愛姉ちゃんのお陰でこんないい家に住まわせてもらうんだから、僕が家事を全部やるのは当たり前だよ」

「零《れい》に感謝されるためにこの部屋にしたんじゃないぞ。家事は私もやる、分担としては半々だ」

「いやいや、僕が全部やるよ」

「いや、半々だ」

……なかなか愛姉ちゃんが強情だ。

愛姉ちゃんの気持ちは嬉《うれ》しいんだけど、僕も愛姉ちゃんがやってくれていることに少しでも恩返ししたいから、家事は任せて欲しい。

「だけど愛姉ちゃん、仕事で平日とかのご飯とか家の掃除、洗濯とかはできないでしょ？」

「むっ……それは確かに難しいかもしれない」

ただでさえ働いていれば忙しいのに、愛姉ちゃんは社長という立場で、普通の人よりも忙しいはず。

「ほら、時間の余裕がある僕がやったほうがいいよ。だから家事は僕に任せて」

「……だったら平日は零に任せていいか？」

「平日？　土日は？」

「土日は私がやる。私の会社は完全週休二日制で土日が休みだから、その日は私が家事をやる」

「別に毎日僕がやってもいいけど……」

「いいや、ダメだ。家のことを零一人に全部やってもらうわけにはいかない」

愛姉ちゃんはとても真面目《まじめ》な顔でそう言い切る。

どうやら絶対に僕に家事の全部を任せてはくれないようだ。

「……わかった。じゃあ土日は愛姉ちゃんと一緒に家事をやるってことで」

「いや、土日は零が家事をやらなくても……」

「ううん、手伝う。そうしないと愛姉ちゃんが仕事が休みの日に疲れちゃうでしょ」

「……はぁ、わかった。全く、零《れい》は昔から頑固で、だけど優しいな」

呆《あき》れるように、だけど少し嬉《うれ》しそうに頬《ほお》を緩める愛姉ちゃん。

「愛姉ちゃんこそ、ほんと頑固なんだから。それに僕に甘すぎじゃない？」

「零は弟なんだから、お姉ちゃんの私にもっと甘えていいんだぞ？」

「も、もう高校二年生だよ？　昔みたいには甘えられないよ」

そこまで甘えてたのかな？　あんまり覚えてないけど恥ずかしい……。

「そうか、少し寂しいな」

お姉ちゃんは目を細めながら、僕が作ったチャーハンをゆっくりと味わうように、また一口食べた。

◇◇◇

僕と愛姉ちゃんが一緒に暮らし始めてから、一週間が経った。

僕は久しぶりに誰かと一緒に暮らす、ということをしたから少し新鮮だった。

両親が一週間も家にいたことなんて、覚えている限り一度もなかったから。

愛姉ちゃんは仕事で平日の朝からいないけど、夕食頃になると普通に帰ってくる。

朝は僕がご飯を作って一緒に食べて、昼ご飯は僕が愛姉ちゃんのためにお弁当を作った。

初めて作ってあげて渡した時は驚いていたけど、とても嬉しそうだった。

『ありがとう、零。これで仕事も頑張れそうだ』

スーツ姿でそう言う愛姉ちゃんの笑顔はとても綺麗《きれい》で、思わずドキッとしたのは内緒だ。

僕の荷物とかもこの家に来てからすぐに運んでもらって、ようやく生活に慣れてきた。

この一週間、とても楽しかったんだけど……ちょっと恥ずかしい事件が起こった。

僕の荷物とかが届いた日の夜、溜《た》まった服を洗濯機に入れていた。

そうすると、洗濯物の中には愛姉ちゃんの服があり……下着もあって。

両親と住んでいた頃、母親の下着類を洗濯することはあった。

だけど母親の下着を洗濯するのと、愛姉ちゃんの下着を洗濯するのは全く別物で……。

愛姉ちゃんのブラジャーを手に取った時は、思わず固まってしまった。

思った以上に大きくて、これが愛姉ちゃんの胸を支えていて、ブラジャーが大きいということは……とか色々と考えて。

そこから全力で無心になりながら服を洗濯機に入れていたら、愛姉ちゃんが通りかかってしまい、僕はちょうど愛姉ちゃんのパンツを持っていた時だった。

ズボンとかを意味するパンツではなく、下着を意味するパンツだ。

僕と愛姉ちゃんは目が合って数秒固まった後、どちらも顔を真っ赤にした。

そんなことがあって、愛姉ちゃんは「わ、私の服は自分で洗濯するから！」と言っていた。

僕も精神衛生上、そのほうがいいんだけど……洗濯機をもう一つ買うのはやりすぎじゃないかな？　と思った。

やっぱり愛姉ちゃんは社長だから、お金をいっぱい持っているのだろう。

前に僕が引くほど持っているって言っていたからね……気になるけど聞くのは怖《こわ》い。


今日は土曜日。愛姉ちゃんの仕事が休みで、夕ご飯は初めて愛姉ちゃんが作ってくれる。

愛姉ちゃんは調理しているところを見られたくないようで、自室で待っているように言われたので、おとなしく待っている途中だ。

明後日の月曜日から僕は高校二年生なので、春休みの宿題をやりながら待っている。

そうしていると、ピンポーンという音が部屋に鳴り響いた。

どうやら家のインターホンが鳴ったようだ。宅配便かな？

宿題をやっている手を止めて、僕が行こうとしたんだけど……。

「れ、零《れい》！　私が出るから、部屋にいていいぞ！」

「あ、そう？　だけど愛姉ちゃん、料理は大丈夫？」

「あ、ああ、大丈夫だ。もう少しでできるから待っててくれ」

「うん、わかった」

ということで愛姉ちゃんが出てくれたんだけど、何か買ったのかな？

僕は何も覚えがないから、おそらく愛姉ちゃんが買ったんだろうけど。

そしてインターホンが鳴ってから約十分後、夕飯ができたということで呼びに来てくれた。

ワクワクしながらリビングに行くと、テーブルにはとても美味《おい》しそうな料理が並んでいた。

「わぁ、すごいね……！」

メインはハンバーグのようで、付け合わせで野菜も添えられている。

「そ、そうか？」

「うん、すごい美味しそう……！」

「それならよかったが……」

僕が席に着くと、目の前に座る愛姉ちゃんはどこか不安そうな顔をしていた。

「どうしたの？」

「い、いや、なんでもない。じゃあ、いただこうか」

「うん、いただきます」

愛姉ちゃんはなぜかそわそわしている。

もしかして料理が失敗しちゃったから、とか？

だけど見た目はとても綺麗《きれい》で失敗した感じは全くないけど……。

とりあえずメインのハンバーグを箸《はし》で割って、一口。

「んっ！　美味しい！」

僕は一口食べて、こんな美味《おい》しいハンバーグを食べたことがないと思った。

とてもやわらかくてジューシーで、デミグラスソースもいい感じで濃くて本当に美味しい。

「愛姉ちゃん、すごい美味しいよ！　こんなハンバーグ初めて食べた！」

「そ、そうか、よかった」

僕が感動しながら愛姉ちゃんにそう言っても、なぜか愛姉ちゃんはそれでも浮かない顔をしている。

「愛姉ちゃん、どうしたの？　お腹《なか》でも痛いの？」

「い、いや、大丈夫だ。失敗しないでよかったな、と思っただけだ」

「そっか。うん、すごい美味しいよ。こんな美味しいハンバーグ食べたの初めて」

「そ、そうか」

「うん、形も綺麗《きれい》だし、行ったことないけど高級なレストランとかで出てくるハンバーグみたいだよ」

「っ……そ、そんなに褒めても何も出ないからな」

僕が愛姉ちゃんの料理を絶賛しても、むしろより一層そわそわしているような気がする。

どうしてだろう？　やっぱりなんか具合でも悪いのかな？

その後も、愛姉ちゃんはどこかずっとおかしい雰囲気のままだった。

そして、翌日。

今日は日曜日なのだが、どうやら愛姉ちゃんは仕事の付き合いの人と食事。

日曜日なのに僕に家事を任せてしまう、ということで愛姉ちゃんは申し訳なさそうにしてたけど、それは仕方ないだろう。

愛姉ちゃんは社長なのだから、仕事の付き合いというものも大事なはずだ。

だけど「仕事仲間というよりは友達に近い」と愛姉ちゃんは言っていたな。

友達……えっ、もしかして、男性かな？

「というか愛姉ちゃんって……彼氏いるのかな？」

部屋で一人なのに、思わずそう声を出してしまった。

全くその可能性を考えてなかったけど、どうなんだろう。

昔の愛姉ちゃんはあそこまで綺麗なイメージはなかったけど、今はとても美人だ。

道を歩けばすれ違うほとんどの人が目で追ってしまうだろう。

スタイルもよくて、スーツ姿の愛姉ちゃんはとてもカッコいい。

髪もサラサラで、ワンポイントで銀色の髪が垂れているのも様になっている。

そしてもちろん昔から性格もいいから、非の打ちどころがない。

むしろ彼氏がいない方がおかしいレベルだ。

……なんだろう、ちょっと胸がざわざわする。

別に愛姉ちゃんに彼氏がいたところで、愛姉ちゃんが僕のお姉ちゃんなのは変わらない。

だから特に気にしなくていいはずなのに……。

今日も愛姉ちゃんがもしかしたら、彼氏とデートをしているのかもと思ったら、やっぱり胸がざわつく。

はぁ、そんなこと考えても意味ないのに。

明日の月曜日は高校の始業式。

つまり僕の高校二年生の生活が始まる。

しっかりそれに向けて準備もしないとな。

だけど宿題も終わってるし……もう特にやることはないな。

とりあえず洗濯や掃除、あとは明日の弁当の準備とかもしよう。

そう思ってあまり考え事をしないように家事などをやっていたんだけど……。

「……愛姉ちゃん、遅いなぁ」

明日の弁当の準備も終えて時計を見ると、もう十時を過ぎようとしている。

夕食を食べてくるだけと言っていたのに、これは少し遅すぎる気がする。

もしかしたら愛姉ちゃんに何かあったのかもしれない。

僕はスマホを取り出して、連絡アプリで愛姉ちゃんにメッセージを送る。

『愛姉ちゃん、大丈夫？　事故とかに遭ってない？』

と送信したけど……事故に遭ってたらこのメッセージを見る暇もないと気づいた。

だけどやっぱり心配だからそう送ってしまった。

するとすぐに既読がついたから、メッセージは見てくれたようだ。

そして愛姉ちゃんからもメッセージが届く。

『大丈夫っす。これから帰らせるっす』

……ん？　えっ、誰？

メッセージの書き方が、愛姉ちゃんじゃない。

愛姉ちゃんだったら普通にいつもの喋《しゃべ》り方でメッセージを送ってくるはず。

だけどこれは語尾に「っす」と入ってるし、「帰らせる」と言っているからに、愛姉ちゃんじゃない。

『えっと、どなたですか？』

そうメッセージを送る。

もしかしたら、愛姉ちゃんの彼氏さん……かな。

そう思いながら返事をドキドキしながら待っていたけど、なかなか既読がつかない。

もうスマホをポケットとかにしまってしまったのかもしれない。

連れの人がメッセージを送るってことは、愛姉ちゃんがメッセージができない状況ってこと？

愛姉ちゃん、大丈夫かな……。

そんな心配をしながらソワソワしていたら、家のドアの鍵が開く音が聞こえた。

愛姉ちゃんが帰ってきたようだ、よかった。

僕が自室から出て玄関に行こうとしたら……。

「たっだいまぁー」

……ん？　えっ、誰？

いや、声色《こわいろ》は愛姉ちゃんだけど、なんか声の雰囲気やテンションが全然違う人だ。

まだ姿は見えないんだけど、愛姉ちゃんなのかな？

「あれー、零《れい》くーん？　寝ちゃったのかなー？」

……いや、違う人だろう、うん。

愛姉ちゃんは僕のことを「零」と呼び捨てするし、あんな喋《しゃべ》り方もしない。

声が似てるだけの別人だろう。

そう思いながら玄関へ続く廊下の角を曲がったところにいたのは……。

「あっ、零くん、起きてたんだー。ただいまぁ」

「……うん、おかえり、愛姉ちゃん」

まあ、そうだよね、愛姉ちゃんだよね。

鍵を開けて家の中に入ってきてるんだからそりゃそうだ、むしろ愛姉ちゃんじゃなかったらめちゃくちゃ怖《こわ》かった。

　いや、今も少し愛姉ちゃんの様子が変わりすぎて怖いけど。

「あ、愛姉ちゃん、なんか、テンション高いね」

「うん、ちょっと麻里恵《まりえ》と一緒に飲みすぎちゃったー」

「まりえ、さん？」

「高校の同級生で、今は私の秘書やってる子」

「あっ、そうなんだ」

　じゃあさっきのメッセージは、その人が送ってきたのかな？

　名前的に女の人のようだ……少し安心した。

　というか愛姉ちゃんはお酒を飲むと、こんなテンションが高くなるんだ、すごい意外。

　人によって違うと思うけど、愛姉ちゃんはお酒を飲むと陽気になるタイプか。

　いつもはとても凛《りん》とした表情でカッコいいというイメージの愛姉ちゃん。

　笑みを浮かべる時もとても優しい笑みや、綺麗《きれい》な笑みをしている。

　だけど今はお酒のせいなのか頬《ほお》も少し赤くて、ニコニコしていて……なんだか可愛い。

　服もいつもはスーツのジャケットをキッチリ着てピシッとしている感じだけど、今はジャケットも脱いでシャツもだらしなく出ている。

　少し、その、谷間が見えていて……あまり見ないように視線を愛姉ちゃんの顔に固定する。

「愛姉ちゃん、お疲れ様。お風呂は入る？　もう沸いてるけど」

「入るよー、ありがとう、零《れい》くん」

それに喋《しゃべ》り方もなんかホワホワしていて、なんだか可愛らしい。

お酒を飲むと可愛くなるのか……なんか僕もドキドキして顔が赤くなってきてしまう。

愛姉ちゃんは玄関でパンプスを脱ごうとして、フラついてしまっている。

「だ、大丈夫？」

「んー、大丈夫だよー」

そう言いながら愛姉ちゃんはパンプスを脱いだが、玄関の段差に躓《つまず》いてしまった。

「危ないっ！」

僕は咄嗟《とっさ》に愛姉ちゃんを支えるように正面から受け止めた。

「大丈夫、愛姉ちゃん？」

「うん、ありがとう、零くん」

「そ、それはよかったけど……その、愛姉ちゃん、自分で立てる？」

僕の顔の横に愛姉ちゃんの顔があるくらい、しっかりと密着してしまっている状態。

くっ、僕の胸元にめちゃくちゃ柔らかいものが当たっている……！

愛姉ちゃんはジャケットも脱いで薄いシャツ一枚だから、柔らかいものが変形するほど押し付けられていて……ヤバイ。

「うーん、このままがいいなぁ」

「い、いや、愛姉ちゃん、お願いだから自分で立って……」

あと耳元でそんな色っぽい声で囁《ささや》かないで欲しい、すごいドキドキするから……！

「このままお風呂に連れてってー、零くん」

「わ、わかったから……」

耳元で囁かれるとなんだかゾクッとするからやめて欲しい……。

そう思いながら僕は愛姉ちゃんに肩を貸すようにして、お風呂場へと連れていく。

くっ、大きい部屋だから廊下が長い、まさかこんなところでそれが仇《あだ》になるとは……！

その間も愛姉ちゃんはやはり酔っているのか、何か上機嫌そうに呟《つぶや》いている。

「零くん、大きくなったなぁ……十年前は私の膝《ひざ》あたりだったのに」

「いや、さすがに五歳でもそこまで小さくないでしょ」

「すごく可愛かったなぁ……あっ、もちろん今も可愛いよぉ」

「そっか、ありがと」

可愛いと言われてもそこまで嬉《うれ》しくはないけど、愛姉ちゃんは褒めてるつもりなのだろう。

「はぁ、本当に可愛かったなぁ……私のことを、愛姉ちゃん、愛姉ちゃんって後ろからついてきて……」

「な、なんか恥ずかしいからやめて。ほら、愛姉ちゃん、お風呂場に着いたよ」

お風呂場のドアを開けて、愛姉ちゃんと一緒に入る。

「愛姉ちゃん、大丈夫？」

というか何も考えずにお風呂場に連れてきたけど、こんな酔っ払った状態でお風呂に入っても大丈夫なのかな？

「——零《れい》くん、私は……自慢のお姉ちゃんになれたかな……」

「えっ……？」

ずっと抱きかかえているから顔は見えなかったけど、今までと違う声色《こわいろ》で放たれた言葉。

酔っ払って昔のことを懐かしんでいた愛姉ちゃんが、その一言だけはなんだか……今の想いが込もっているような気がして。

「愛姉ちゃん……？」

「……暑い」

「えっ？」

今の言葉について聞こうとしたんだけど、愛姉ちゃんはいきなり自分一人で立ってシャツの裾をたくし上げて……って!?

「あ、愛姉ちゃん、ちょっと待って!?　僕まだいるから！」

いきなり脱ぎ出した愛姉ちゃんにビックリしながら、僕は慌《あわ》てて脱衣所を出ていこうとする。

しかし出る前に、愛姉ちゃんに腕を摑《つか》まれてしまった。

「零《れい》くん、久しぶりに一緒に入ろ？　昔みたいにさぁ」

「ぼ、僕もう高校生だから！」

前に「一緒に寝るのは高校生だからダメだろう」と愛姉ちゃんは言ってたけど、それ以上にお風呂はヤバイでしょ!?

そう思いながら愛姉ちゃんの手を振り払って、脱衣所を出てドアを閉めた。

愛姉ちゃんは少し悲しそうに「あっ」と声を漏らしてたけど、さすがに一緒にお風呂は無理だ……。

このまま部屋に戻ろうと思ったけど、愛姉ちゃんはお酒で酔っ払ってるから一人にすると危ないかもしれない。

だから部屋に戻らず、脱衣所の前で座って愛姉ちゃんの様子を窺《うかが》う。

幸いにも愛姉ちゃんは一人でしっかりお風呂に入っているようで、シャワーの音と軽い鼻歌が聞こえる。

……なんかここでお風呂の音を聞いていると、一種の覗《のぞ》きみたいだ。

いや、僕は愛姉ちゃんが心配だからここにいるだけで、そんなやましい気持ちは全く……うん、ない。

あまり考えないようにしよう、スマホでゲームでもして気を逸《そ》らそう。

そう思ってスマホを取り出してゲームをするが、さっきの愛姉ちゃんの言葉をふと思い出す。

お酒に酔って昔のことを懐かしむように呟《つぶや》いていた愛姉ちゃん。

そんな中、一言だけ思いが込もっていた言葉。

『──零くん、私は……自慢のお姉ちゃんになれたかな……』

少し不安げに呟いてたけど、どういうことだろう？

自慢のお姉ちゃんってのは、なんのことだろう？

すごい気になるけど、さすがに酔っ払ってる愛姉ちゃんからは聞けないよなぁ。

そんなことを考えながらスマホを弄《いじ》っていると、お風呂場のドアが開いた音が聞こえた。

どうやら無事に愛姉ちゃんはお風呂から上がれたようだ。

……あれ、もしかしたらこのままここにいたら、覗いてたんじゃないかと疑われるんじゃないか？

うん、もう愛姉ちゃんも上がったみたいだし、部屋に戻ろうかな。

そう思い立ち上がって部屋に戻ろうとした瞬間、脱衣所のドアが開いた。

あれ、着替えが終わるには早い……っ!?

「あっ、零くんだ」

愛姉ちゃんはまだ酔いが覚めていないようで、話し方もまだ可愛らしいまま。

いや、そんなことよりも……。

「あ、愛姉ちゃん!?　服は!?」

愛姉ちゃんはバスタオルを身体《からだ》に巻いた状態で出てきてしまった。
愛姉ちゃんのスタイルが抜群で豊満な身体が、バスタオル一枚でしか覆われていない。
あ、危なすぎる……！
僕は顔を真っ赤にしながら目線を逸《そ》らす。
「あ、そ、そうだったね。じゃあ早く部屋に戻って服着て……！」
「んー？　着替えの服なかったー」
「はーい」
今回は意外とすんなり言うことを聞いてくれて、自室に戻っていった。
愛姉ちゃんの姿が見えなくなって、僕はため息をつく。
お酒に酔うと愛姉ちゃんはあんな感じになるのか。
とても新鮮だけど、僕の心臓に悪いからあんまり飲まないで欲しいかもしれない。
だけどお酒を飲むのもストレス発散になるって聞くし……悩ましいところだ。
その後、愛姉ちゃんが自室から出てこなかったから、どうやら無事に寝たようだった。
僕も明日から学校が始まるから、そろそろ寝ようかな。
部屋の電気を消して、ベッドに入って目を瞑《つぶ》る。
目を瞑っていると今日の出来事が頭の中に思い浮かんでくる。
今日は愛姉ちゃんのいつもの凛《りん》とした姿ではなく、可愛らしい姿がいっぱい見られた。

初めて見る姿ばかりで、見られて嬉《うれ》しかったかも。

それに……。

「……胸、大きかったなぁ」

……はっ!? ぼ、僕は一体何を呟《つぶや》いて……！

一人でゆっくり落ち着いた空間だから、思わず呟いてしまっていた。

「ぼ、煩悩《ぼんのう》退散！」

そう言って考えないようにするんだけど、逆に意識してしまう。

脱衣所から出るのが遅れて、僕の目の前で脱ぎ出した愛姉ちゃんの下着姿。

それとお風呂から上がって、火照った顔と濡れた髪が色っぽく、バスタオル姿の愛姉ちゃん。

ぜ、全然頭から離れない……！

その後、僕は一時間ぐらいはベッドの中で顔を真っ赤にして悶《もだ》えていたと思う。


そして、翌日。

今日は月曜日で、僕の高校の始業式がある日だ。

僕は少し早めに起きて身支度をして、朝ご飯を作っていた。

いつも通りの朝なんだけど、ちょっと寝不足かも……。

やっぱり昨日の夜、愛姉ちゃんの酔っ払った姿を思い出してしまったから……と考え始めると、また愛姉ちゃんの下着姿やバスタオル姿が鮮明に頭に思い浮かんでしまう。

や、やめよう、しっかり朝ご飯を作ることに集中しないと。

朝ご飯を作り終わり、昼ご飯のお弁当も作り始めた頃、愛姉ちゃんがリビングにやってきた。

「あっ……お、おはよう、愛姉ちゃん」

「……おはよう、零《れい》」

僕はちょっと意識してしまって、愛姉ちゃんの顔が見られなかった。

うぅ、どうしよう……。

あっ、だけど愛姉ちゃん、昨日の夜のこと覚えてるのかな?

お酒に酔うと記憶を飛ばす人がいるって聞いたことがある。

愛姉ちゃんも昨日はあれだけ酔っ払っていたから、もしかしたら全部忘れているかも……。

そう思いながらチラッと愛姉ちゃんのほうを見た。

「っ……!」

愛姉ちゃんは僕と目が合うと、すごい勢いで目線を逸《そ》らした。

頬《ほお》も少し赤くなっているのが見える。

……うん、覚えてるみたいだね!

ど、どこまではっきり覚えてるんだろうか。

とりあえず僕が朝ご飯をテーブルに置き、愛姉ちゃんと対面で座って食べ始める。

いつもは軽く話しながら食事をするんだけど、今日はなんだか気まずい雰囲気が流れていて、お互いに全然喋《しゃべ》らない。

数分経ち、そろそろご飯も食べ終わりそうな頃に愛姉ちゃんから話を切り出す。

「その、零。昨日はすまない。とても迷惑をかけてしまった……」

「い、いや、大丈夫だよ。体調は大丈夫？」

「ああ、二日酔いはあまりしないタイプだからな」

「そっか、よかった。二日酔いにはしじみの味噌《みそ》汁がいいって聞いたから、一応作ったよ」

「ああ、ありがとう」

二人で一度しじみの味噌汁をすする。

「うん、とても美味《おい》しい。さすがだな、零」

「ありがとう……愛姉ちゃんはその、昨日のことはどれだけ覚えてるの？」

忘れているわけではないみたいだけど、少しは覚えてないといいなぁ……と思いながらそう問いかけると、愛姉ちゃんはまた頬を赤くしながら。

「その……酒を飲んでも記憶が飛ぶタイプじゃない。だから多分、全部……覚えている」

「そ、そっか……」

つまりお風呂場のこと……僕が愛姉ちゃんの下着姿やバスタオル姿を見てしまったことを、全部覚えているということだ。

僕と愛姉ちゃんはお互いに顔を真っ赤にしてしまう。

「その、本当にすまない。昨日の醜態は、できれば忘れてくれ」

「う、うん……わかった」

了承はしたものの、あんな刺激的な光景を忘れられるわけないと思う。

「こ、今後はあまり酒を飲まないようにする」

「だけどその、ストレス発散とかするなら飲んでもいいと思うよ。愛姉ちゃんも仕事で忙しいと思うしね」

「いや、多少の苦労はあるが大丈夫だ。酒を飲まなくても問題ない。それに家に帰れば零《れい》もいるから、ストレス発散はできているさ」

「そ、そう？　じゃあ昨日はなんてあんなに酔っ払っちゃったの？」

「……その、友人と飲んでいて盛り上がってしまい、二軒目にも付き合わされてしまったんだ」

「そうなんだ。あっ、まりえさんって人？」

「ああ、麻里恵《まりえ》は私の秘書をやってるのだが、酒が異常に強くてな……競うように飲んでいたのだが、私だけ酔い潰《つぶ》れてしまった」

「そ、そうなんだ」

それだけお酒に強いって、どんな人なんだろう。

「高校からの友達って聞いたけど」

「ああ、高校の頃からの唯一の友達だ。今は仕事仲間でもあるな」

「すごいね。ずっと友達で一緒に仕事もやってるって」

「そうだな。私みたいな奴《やつ》とずっと付き合ってくれる、いい親友だよ。まあ性格に難はあるが」

「ふふっ、そうなんだ」

愛姉ちゃんは優しい顔をして麻里恵さんという友達について話していた。

仲が良いんだろう、なんだかそんな親友がいるって羨《うらや》ましいなぁ。

そんな感じで話していたらようやく朝起きた時の気まずさは消えて、僕と愛姉ちゃんはいつも通りの雰囲気に戻った。


朝ご飯を食べ終わり、愛姉ちゃんは仕事に出かける準備、僕は学校に向かう準備をする。

今日は僕の方が早く家を出かけるので、玄関で靴を履いていたら愛姉ちゃんがスーツ姿で玄関まで来てくれた。

「零、気をつけてな」

「うん、ありがとう。お弁当用意してるから、持っていってね」

「ああ、いつもありがとう。いってらっしゃい、零」

「っ……うん、いってきます」

僕は少し胸にこみ上げるものを抑えながら返事をして、家を出た。

……なんか今のやりとり、すごい家族っぽかったなぁ。

ずっと両親と一緒に住んでたけど、「いってらっしゃい」や「いってきます」といったことを言い合った覚えはほとんどない。

だからなんだか、今のはとても嬉《うれ》しかった。

今日まで一週間、愛姉ちゃんと一緒に暮らしてたけど、ずっと僕は「いってらっしゃい」を言うほうだったけど、言われるほうもとても良いものだ。

とても幸せな気持ちになりながら、新学期が始まる。

……エレベーター、長いなぁ。


僕と愛姉ちゃんが住んでいるタワマンから、学校は歩いて十五分くらいの場所だ。

多分愛姉ちゃんは僕の高校の場所も考えて、あそこのタワマンにしてくれたのだろう。

本当にすごいというか、僕のことを考えてくれて……感謝しか湧《わ》き上がらない。

学校に着いて昇降口を入ると、大きな掲示板が出ていて、クラス替えの紙が貼ってあった。

今日から僕たちは高校二年生なので、クラス替えがある。

たくさんの生徒がその前にいるので、少し遠くから軽く目を細めて僕の名前を探す。

日馬《くさま》零《れい》、日馬零……あった！　三組のようだ。

三組のところに知り合いの名前がないかを探すと、僕のすぐ上に知り合いの名前を見つけた。

知り合いというか、一年生の頃から仲良しの神長倉《かなくら》竜鬼《りゅうき》くんの名前があった。

やった！　また同じクラスだ！

嬉しくなりながら、僕は校舎に入って新しいクラスの教室に行く。

教室に入ると黒板に席順の紙が貼ってあって、最初は名前順で座るようだ。

僕の席のところに行くと、すでに僕の前には竜鬼くんが座っていた。

「おはよう、竜鬼くん」

「ん、はよ、零」

少し眠そうにしながらも返事をしてくれる竜鬼くん。

「また同じクラスだね！　すっごい嬉しいよ！　またよろしくね！」

「ふっ、零は元気だな。ああ、よろしく」

竜鬼くんはニッと笑いながらそう言った。

やっぱり竜鬼くんはカッコいい、笑い方も漢《おとこ》って感じだ。

「はぁ、今年も『竜×零』が見れるのね、最高だわぁ……！」

「同じクラスになれたのは腐った神のおかげね！　あと『零×竜』よ、異論は認めない、リバも認めないわ」

あっ、去年も一緒のクラスだった人が何人かいる。

いつも僕と竜鬼くんを遠くから眺めている人たちも同じクラスだったんだ。

「竜鬼《りゅうき》くん、あの人たちの言ってることって何なんだろう？　りゅうれい、とか、れいりゅう、とか」

「……零《れい》、お前は知る必要ない。この世には知らないほうがいいこともあるんだ」

「そ、そう？　わかった」

竜鬼くんが言うからそれでいいんだろうけど、気になるなぁ。

前にあの人たちに直接聞いたこともあったけど、よくわからなかったし。

とりあえず、また竜鬼くんと同じクラスになれたのは嬉《うれ》しい。


その後、始業式が終わって、ホームルームを軽くやって今日の学校は終わった。

昼前過ぎ、いつも通り竜鬼くんと机を合わせてご飯を食べながら話す。

「そういえば零、バイトの時に来たあの人とはどうなったんだ？」

一週間前、バイトしているところに来た人、といえば愛姉ちゃんのことだろう。

「連絡したと思うけど、普通に一緒に暮らしてるよ」

「そうか。連絡もらった時はビビったが、本当に一緒に暮らしてるんだな」

ここ一週間の間に、すでに竜鬼くんには愛姉ちゃんとのこと、今一緒に暮らし始めたということを話していた。

「ごめんね、色々とバタバタしてたから、連絡遅れちゃって」

「いや、それは大丈夫だが」

愛姉ちゃんと一緒に暮らし始めて一週間、バイトには入ってなかった。

本当はバイトを始めた理由が、一人暮らしで少しでも生活費を自分で稼ごうとしていたからなんだけど、今は生活費なんて全く気にすることはなくなってしまった。

愛姉ちゃんに全部出してもらっているからだ。

ちょっと申し訳なくは思うけど、あんなタワマンの部屋じゃ僕が少しバイトしたくらいで、家賃なんて払えるわけがない。

だから本当はバイトする理由もなくなってしまったんだけど、竜鬼くんと一緒にバイトするのは楽しいから今後も週一か週二くらいで入る予定だ。

「確か、子供の頃に仲良かった姉さんで、今は社長をやってる人なんだよな」

「うん、そうだよ。社長してるって本当にすごいよね」

「どんな会社の社長かは聞いたか？」

「ううん、聞いてない」

そういえばどんな会社かは聞いてなかった。

あんな六十階建てのタワマンを丸ごと買ってしまえるほどお金を持っているようだから、すごい会社なんだろうけど。

「確か、九条愛音《くじょうあいね》って言ったよな、お前の姉さん」

「うん」

「……もしかして、この人か？」

竜鬼《りゅうき》くんがスマホの画面をこちらに向けてくれると、そこには愛姉ちゃんの顔写真があった。

「えっ、そうだけど……なんで愛姉ちゃんの写真が？」

「ある雑誌のインタビューで撮られた写真っぽいな。ネットで調べたら出てきた」

「ざ、雑誌のインタビュー？」

「ああ。お前の姉さん、九条《くじょう》グループの社長だぞ」

「く、九条グループ？」

な、何そのめちゃくちゃ大きそうな会社の名前……。

「ここ十年でできた会社のようだが、子会社とかもすでに何個もあって、すでに日本でもトップを争うほどの大企業と名高い」

「そ、そうなんだ……というか竜鬼くん、そういうの詳しいの？」

「そこまで詳しいわけじゃないが、その会社の社長が女性ということで少し話題になってたからな。しかも美人社長」

「ま、まあ、愛姉ちゃんは美人だけど……」

竜鬼くんのスマホをもう一度覗《のぞ》くと、スーツ姿の愛姉ちゃんがカッコよく写っていた。

写真でもすごい美人だけど、実物の方がもっと美人で……それに昨日の愛姉ちゃんはすごく可愛くて……っ！

昨日のことを思い出そうとしてしまい、咄嗟《とっさ》に頭を机にぶつけた。

「うおっ!?　ど、どうした、零《れい》、いきなり机に頭突きなんかして」

「い、いや……ちょっとね……」

結構な勢いでぶつけてしまったせいで涙目になるほど痛かったけど、無事に思い出さずに済んだ。

「まさか零がそんな大企業の社長と知り合いだったなんてな」

「僕も愛姉ちゃんがそんなすごい人だったなんて、久しぶりに会って初めて知ったけど」

想像以上にすごい会社の社長だったし。

「一緒に暮らしててどうなんだ？　楽しいか？」

「ふふっ、なんか聞き方が親戚《しんせき》のお爺《じい》ちゃんみたい」

「うるせえよ」

竜鬼くんには僕の家庭事情を言ったことがある、唯一の親友だ。

僕が両親と仲良くなく、家族というものに憧れているのを竜鬼くんは知っている。

だからこそ久しぶりに会った愛姉ちゃんと仲良く暮らしているのか、心配してくれているのだろう。

「うん、すごい楽しいよ。『いってらっしゃい』とか『いってきます』を言えることがこんなに幸せなんて、思ってなかった」

「……そうか。それならよかったな」

僕の言葉に竜鬼《りゅうき》くんは微笑《ほほえ》ましそうに僕を見る。

竜鬼くんには妹さんがいるから、なんだか時々お兄さんっぽく感じる。

だけどそれは僕のことを弟扱いしてるってことだから、それはそれで複雑だけど。

「何か不満とかないのか？　いきなり一緒に住んで、少し生活がしづらいとかないのか？　家事の分担とかも大変だろうしな」

「うーん、そんなにないかなぁ？　家事も本当は僕が全部やりたいのに、愛姉ちゃんが結構手伝ってくれるし」

「そうか。じゃあ家の世話を零《れい》に任せるために一緒に住もうと考えた人じゃないってことだな」

「もちろん。あっ、また心配してくれたの？」

「……うるせえよ」

「ふふっ、ありがと」

気まずそうに顔を背《そむ》ける竜鬼くんだけど、耳が少し赤くなってるのが見える。

なんだかそういうところはちょっと可愛くてズルいと思う。

「はぁー！　やっぱり『零×竜』だわー！　キュンキュン超えてギュンギュンするわー！」

「リバもありね……いや、私はそれでも『竜×零《れい》』を推すわ！」

なんか教室の端の女の子たちが騒いでいるのが聞こえるけど、やっぱりよくわからないなぁ。

僕の名前を呼んでる気がするんだけど、違うのかな？

「零、無視していいぞ」

「あっ、うん」

竜鬼《りゅうき》くんがそう言うから、とりあえずあっちの人たちのことは考えないようにしよう。

「まあ一緒に暮らしてて不満がないなら、それが一番だな」

「うん……あっ」

「ん？　どうした、やっぱりあるのか？」

「いや、不満ってほど不満じゃないんだけど……」

言っていいのかなぁ？　ちょっと嫌味みたいな話になっちゃうと思うけど、竜鬼くんならそんな風には捉《とら》えないから、大丈夫かな。

「その、愛姉ちゃんが僕に甘すぎて……ちょっと気が引けるんだよね」

「甘すぎ？　どういうことだ？」

「僕に何でもかんでも与えようとするというか……僕が『最近服買ってないなぁ』って呟《つぶや》いたら、その数時間後に服が何十着も家に届いて、『この中から好きなのを選んでいいぞ』って」

「すごすぎだろ」

しかもその何十着もある服もすごいブランドのものばかりで、Ｔシャツが一枚数万円とかだった……さすがにそんなの着られないから、全部断った。

「それに愛姉ちゃんが仕事で忙しくて僕が家で一人の時間が長いからってことで、最新のゲーム機とかも全部買い揃《そろ》えちゃって……」

「マジか。今手に入りにくいって言われてるやつも全部か？」

「うん、ゲームソフトとかも全部」

「甘いという限度を超えてるだろ」

ゲーム機やゲームソフトは……その、好きだから貰《もら》っちゃったけど。

愛姉ちゃんとも一緒にゲームをしたいけど、愛姉ちゃんは忙しいからまだできていない。

愛姉ちゃんは良かれと思ってやってくれているんだろうけど、僕としてはここまでされるとさすがに気が引ける。

僕も家事とかを頑張ってるけど、愛姉ちゃんも忙しいながら手伝ってくれるし、全然返し切れていない。

「不満っていうほど不満じゃないけど、ちょっと気になるところかなぁ」

「まあそんなすげえところの社長だから、庶民の俺らとお金の感覚が違うのかもな」

「うん、まあそうだね」

暮らしていると忘れそうになるけど、今住んでいるところも超高層のタワマンの最上階だ。

それだけでも普通じゃない、すごすぎる。

愛姉ちゃんが社長で、仕事を頑張っているから暮らせているのだ、感謝しないと。

今も愛姉ちゃんは僕たちじゃ想像もつかない仕事をしているんだろうなぁ。

◇◇◇

その頃、九条《くじょう》グループの本社、社長室には——二人の女性がいた。

一人は社長の九条愛音《あいね》、社長室の豪華な机の後ろに座っていた。

愛音の隣には一人の女性が立っており、少し冷たい表情で話しかけた。

「で……社長、今なんて言ったんすか？」

大企業の社長である愛音に対して、適切ではない言葉遣い。

しかしそれを全く気にせずに愛音は、机をドンっと叩《たた》いて言う。

「零《れい》くんが、可愛すぎる……！」

心の底から滲《にじ》み出たような言葉だった。

愛音はとても綺麗《きれい》な黒い机に両肘《ひじ》をつき、頭を押さえるような仕草をしながら続ける。

「はぁ、良い子すぎる……あんな可愛い子が人間だなんて信じられない。いや、天使だと思うな、あの子は」

愛音が零と久しぶりに会った時からずっと思っていたことだ。

子供の頃から変わらない、サラサラの黒い髪、また子供の頃と同じように撫《な》でてみたい。

顔立ちも幼さが残っていて、成長しているけど昔の零の雰囲気のまま良い感じに成長して、天使みたいな可愛らしさが残っている。

身長も成長しきっていないのか華奢《きゃしゃ》で、愛音よりもまだ少しだけ低いというのがさらに可愛いと思ってしまうポイントだった。

総合的に言うと、本当にとても可愛い弟だということだ。

「……はぁ、そうっすか」

愛音がこれ以上なく感情を込めているのに対して、隣で立っている女性は冷めた目でそっけない返事をした。

「なんだ、麻里恵《まりえ》。なぜそんなに気のない返事をしているのだ？　もしかしてお前、零くんがどれだけ天使かわかっていないな？　よし、一から説明してやろう」

「いや、マジでいらないっす。昨日の夜、死ぬほど語ってもらいましたから」

九条グループの社長の秘書を務めている志々目《しじめ》麻里恵は、無表情ながらもうんざりとした様子でそう答える。

黒い髪は肩に触れるくらいの長さで、毛先が少し外に跳ねている。

愛音《あいね》と同様にワンポイントだけ染めているようで、金色の髪が目立っていた。

顔立ちは目がぱっちりしていて、愛音が美人寄りの顔立ちならば、麻里恵《まりえ》は可愛い寄りの顔立ちをしている。

しかしいつも無表情だからか、人形のような冷たい印象があるのだが、喋《しゃべ》り方がなぜか下っ端のような感じなので、意外と誰とでもフレンドリーに話せる女性である。

「というか昨日の夜だけじゃなく、初めて出会った高校生の頃から日馬零《くさまれい》君のことは聞かされてたっすよ」

「それは私が中学生の頃に遊んでいた零くんだ。もちろんその時から可愛いが、今話しているのは高校二年生になった零くんの話だ」

「だからそれも昨日の夜に酒に酔ってすごい話してたじゃないすか」

「あれだけじゃ足りん。それくらいで零くんの全てを語ったと思うなよ、麻里恵」

「いや、マジで意味わからないっすけど。社長、とりあえず仕事してください」

麻里恵が持ってきた書類を愛音の前に出して、確認を求める。

愛音はそれらの書類を受け取り、内容を確認していく。

社長という立場なのでほとんどの事業の内容を把握はしているが、漏れなくそれらをしっかりと精査するのも社長の仕事だ。

書類を読みながらも、愛音はまだ喋り続ける。

「そういえば昨日、麻里恵が零くんからのメッセージを返したようだな」

「そうっすね。まだ十時ぐらいだったのに心配してくれるって、可愛い子っすね」

「……ああ、そうだな」

「どうしたんすか？　なんかいきなりトーンダウンしたっすけど。家に帰った後、酒に酔ってなんかやらかしたっすか？」

「……めちゃくちゃ、やらかした」

愛音は思わず書類を読むのをやめて落ち込んでしまった。

「何やらかしたんすか？」

麻里恵にそう聞かれて、愛音は懺悔《ざんげ》するように昨日の夜の出来事を全部話した。

高校からの唯一の親友で頼れる仕事仲間でもある麻里恵とは、ほとんど隠し事などしない間柄であった。

「ほー、それくらいっすか。なんだ、もっとヤバいことしてるのかと思ったっすよ」

「こ、これ以上なくヤバいだろ！　わ、私は、あの純粋無垢《むく》な零くんに、は、裸を……！

それにあんな無防備な姿を見せてしまった……！」

「いや、なんかもっと犯罪的なことをしてるのかと思ったすよ。逆レとか」

「そ、そんなことするわけないだろ！」

「まあ愛音は処女だからそんな勇気もないっすよね」

「う、うるさい！　とにかく、そんなことは死んでもやらん！」

「だけど一緒にお風呂には入りたいんすよね？」

「うっ……！」

顔を真っ赤にして怒っていた愛音《あいね》だが、その言葉には言い返せなかった。

「酒に酔ってる時って本音が出るから……つまり愛音は、零《れい》君と一緒にお風呂に入りたかったというわけっすか。いやー、大胆っすねー」

「いや、ちが……くはないけど……その、十年前は一緒に入ってたから、その感じで一緒に入りたかっただけで……！」

「六歳の子とお風呂入るのと十六歳の男子高校生とお風呂入るのでは、だいぶ意味合いが異なってくるっすよ。しかも愛音も成長して童貞を殺すような身体《からだ》になってるんすから」

「し、仕事中に下ネタを言うな！」

「いや、仕事中にこの話をし始めたのはそっちっすよね」

愛音はそれにも何も言い返せず、麻里恵《まりえ》を少し睨《にら》んでからまた書類に目を通し始める。

「まあ楽しそうでよかったすね。今まで私生活で何も楽しみがなかったような愛音が、私生活の話をしたがるくらいになったんすから」

「……まあ、そうだな」

愛音はずっと仕事一筋でやってきて、今までプライベートで充実した生活を送ってきたとは言い難かった。

特に休みの日なんて趣味などもないから、ただ家で本を読むか寝るかだけだった。

「家も零君のためにタワマンを丸ごと買ったんすもんね。不動産投資としては悪くないっすけど、最上階に住む必要はあったんすか？」

「だ、だって零くんのために良い部屋を用意したかったから……」

「良い部屋すぎるというか、いきすぎてて引くっす。普通に戸建てでよかったんじゃないっすか？」

「そ、そうか？　それならまた豪邸の用意を……」

「なんで豪邸なんすか。馬鹿っすか」

「なっ!?　馬鹿とはなんだ馬鹿とは!?　零くんのために大きな家がいいだろう！」

「零君が大きい家が良いって言ってたらそうっすけど、そうは言ってないっすよね？」

「……そうだな」

「それなら普通の二階建ての戸建てとかのほうが、なんか庶民的で家族っぽくて良い気がするっすけど」

「っ……！　麻里恵、お前は天才か……!?」

「いや、愛音が馬鹿なだけっす」

日本有数の大企業の社長である愛音に馬鹿と言えるのは、おそらく麻里恵だけだろう。

「それにそんだけ大きい部屋だと、掃除とか大変じゃないっすか？　零君《れい》が一人でやってるんすよね？」

「い、いや、私も少しは手伝って……」

「一人暮らしのワンルームの部屋ですら片付けも掃除もできない愛音《あいね》が、手伝ってるんすか？」

「うっ……ろ、廊下とかリビングの掃除をするくらいはできる」

「じゃあ自分の部屋は？　愛音の自室は今どうなってるんすか？」

「……」

あからさまに目線を逸《そ》らす愛音。

「絶対ゴミ屋敷じゃないっすか。それ、零君は知ってるんすか？」

「い、いや、私の部屋には入らないように言ってる……」

「うっわ、愛音の見栄っ張りが出てるっすね。洗濯はやってもらってるんすか？」

「い、いや、私の下着は自分でやってる……と零には言っている」

「で、実情は？」

「……ここ一週間、下着は洗ってない」

「女として終わってないっすか、それ」

麻里恵《まりえ》の容赦ない言葉が愛音の胸にグサッと刺さる。

「ぐっ……だ、だが、まだ下着はあるし……」

「そういう問題じゃないと思うっすけど」

「そ、それに、一週間くらいは大丈夫だろ……？」

「スーツならともかく、下着はアウトっす。臭くなるっすよ、零君もすでにそう思ってるかも」

「な、何!?　れ、零くんにはまだ言われてないぞ!?」

「いや、話を聞いてる限りそんな失礼なことを零君は言わなそうっすよね。内心どう思ってるかはわからないっすけど」

「ぐっ……わ、わかった、今日は絶対に洗う……」

少し涙目になりながら、愛音は引き続き書類に目を通していく。

しかし麻里恵の追及は止まらない。

「料理はどうなんすか？　零君と暮らし始めてお弁当を作ってもらってるみたいっすけど」

「ああ、とても美味《おい》しいぞ。これ以上のお弁当などこの世にないと断言できる」

「いや、私が聞いてるのは愛音が料理をしてるのかってことなんすけど」

「……この前の土曜日に、私が作った——という体《てい》で、高級料理店から宅配してもらった」

目線をあちこちに逸らし、とても気まずそうな顔をしながら白状した愛音。

「うっわー、バレなかったんすか？」

「い、いや……何の疑いもせずに、美味しそうに食べてくれた」

「バカっすね」

「れ、零《れい》くんを馬鹿にするな！」

「いや、私がバカって言ったのは愛音《あいね》のほうっす」

「うっ……自分でもわかってるんだ、バカなことをしているのは」

「じゃあなんでしてるんすか？」

もう書類を読むこともできなくなった愛音が、机に突っ伏して涙目になりながら言い訳する。

「だって……零くんに、すごいお姉ちゃんだって思ってもらいたいし」

「……それだけ？」

「……うん」

「嘘《うそ》をついてまでそう思われるほどの価値があるとは思えないっすけど」

「うう、だって私は、ずっと——零くんの自慢のお姉ちゃんになりたかったから」

愛音の言葉に一瞬だけ黙った麻里恵《まりえ》。

しかしすぐさま机に突っ伏している愛音の頭を引っぱたいた。

「いたっ!?　え、えっ!?」

突如叩《とつじょたた》かれ、愛音は叩かれた頭を押さえて目を丸くする。

「お、お前、仮にも上司の、社長の頭を殴るなんて……！」

「仮にも上司で社長の愛音がそんな情けない姿見せるからっす」

愛音はため息をつきながら続ける。

「嘘をつくことによって、さらに情けなくて見てられないお姉ちゃんになってるっす」

「うっ……！」

「それに絶対にいつかバレるんすから、傷が浅いうちにバラしたほうが身のためっすよ」

「そうだな……ありがとう、麻里恵」

「いいえ、情けない社長なんて見てられないっすから」

愛音は麻里恵のことを見上げ、嬉しそうに笑う。

麻里恵も言葉では冷たくあしらうが、少し口角が上がっていた。

十年来の友人の二人だけが通じ合った瞬間だった。

「そういえば愛音、お姉ちゃんってだけでいいんすか？」

「ん？　どういうことだ？」

「いや、零君と結婚するつもりはないんすか？」

「なっ!?」

さっきの穏やかな空気が一気に霧散し、今の言葉で愛音の顔も真っ赤に染まった。

「な、何を言ってる!?　私が零くんと結婚など、そんな……私は零くんのお姉ちゃんだぞ!?」

「別に血が繋《つな》がっているわけじゃないし、いいんじゃないっすか？」

「くっ……だ、だが、零くんも十歳も年上の私と結婚など、したくないだろう」

「確かにそうっすね」

「……おい、自分で言っておいてなんだが、ちょっとくらい否定してくれ」

冷めた感じで肯定されてしまい、ちょっと悲しくなった愛音《あいね》。

「まあ愛音は無駄に美人でスタイルも良いっすから、十歳離れてても大丈夫っすよ」

「無駄にってなんだ、これでもしっかり頑張ってるんだぞ」

すれ違う誰もが振り向くような整った顔立ちと美しい黒髪、ワンポイントで銀色の髪があるが、それも優雅な雰囲気を醸し出している。

スタイルも目が惹《ひ》かれ、女性だったら誰もが羨《うらや》むような体型だ。

「そうっすね。零《れい》君も話を聞いてる限り、そんなに良い子なら年齢なんて気にしないんじゃないっすか？」

「……いや、だが零くんは私のことを姉のように思ってるだろうし、私も弟のように接している。恋人になったり、ましてや結婚など、可能性は低いだろう」

愛音は自分に諭すように、少し寂しそうにそう言った。

「……へー、そうっすか。まあ後悔しないように」

「な、なんだその含みある言い方は」

「いや、そんな調子で零君が彼女を連れてきたらどうするのかなー、と思っただけっす」

「うっ……れ、零くんに、彼女……」

「もしかしたら零君が大学生になったら彼女と同棲とかし始めちゃって……愛音とは一緒に

住まなくなって……」

「や、やめろぉ！　妙に現実味があることを話すなぁ！」

その時のことを想像して涙目になる愛音。

その後、仕事を本格的にやり始めるまでからかわれ続けた愛音だった。

◇◇◇

僕と竜鬼《りゅうき》くんは教室で昼ご飯を食べ終わった後、特にやることもないので帰ることになった。

「竜鬼くん、この後どこか寄ってく？」

「いや、すまん。バイトあるわ」

「あっ、そうなの？　いつもこんなに早くから入ってるの？」

「今日は授業がないからな。早めにバイトを入れてもらった」

竜鬼くんはそう言いながら欠伸《あくび》を嚙《か》み殺した。

よく見ると目元にクマもできている。

「大丈夫？　ちゃんと寝れてるの？」

「まあ春休みにカフェ以外の短期バイトもやってたからな、少し寝不足にはなってたが」

「えっ、そうなんだ。本当に大丈夫？」

「ああ、これからはカフェバイトだけになると思うから、大丈夫だ」

竜鬼《りゅうき》くんはそう言って僕に心配かけないように、ニヤッと笑った。

竜鬼くんの家は経済的に少し厳しいみたいだ。

母親しかおらず、竜鬼くんには双子の妹がいる。

まだ五歳の女の子の双子で、幼稚園に通っている可愛らしい子たちだ。

母親を助けるために、竜鬼くんは高校一年生からずっとバイトをしているのだ。

バイトで稼いだお金のほとんどは、家族のために家計に入れている。

そういうところが竜鬼くんはカッコよくて、本当に尊敬する。

「今日は妹さんの面倒とか見なくても大丈夫?」

「ああ、今日はお袋が幼稚園に迎えにいってくれるからな」

「そっか。また何か手伝えることがあったら言ってね、いつでも力になるから」

「ふっ、ありがとな。また凛《りん》と舞《まい》も、零《れい》に会いたがってるから」

「そっか、嬉《うれ》しいなぁ」

竜鬼くんの妹、凛ちゃんと舞ちゃん。

僕も何度か会ったことがあるけど、とても可愛くて良い子だからまた会いたいな。

そうして喋《しゃべ》りながら学校を出て、行く方向が違うのですぐに別れる。

「じゃあね、竜鬼くん。また明日」

「ああ、またな」

そこで竜鬼くんと別れて帰路に着く。

今日は平日なので、夕飯は僕が作る日だ。

前に作ってもらった愛姉ちゃんの料理は本当に美味《おい》しかったなぁ。

僕も負けないように、もっと頑張らないと。

冷蔵庫にある食材を思い出し、何を作るか思い浮かべながらスーパーにでも向かおうとしていたら……。

「零くん！」

後ろから声をかけられ振り返ると、笑みを浮かべた女性がこちらに手を振りながら近寄ってきた。

「心音《ここね》ちゃ……先輩！」

可愛らしい顔立ちで、ふんわりとした雰囲気を持っている彼女は見てるだけで癒やされる。

肩くらいで切り揃《そろ》えられている髪は赤が混じった茶髪で、小さい頃から一緒に過ごしていた僕はそれが地毛であることを知っていた。

九条《くじょう》心音、愛姉ちゃんの妹だ。

学校一の美少女と名高い人で、今も周りの同じ学校の生徒たちが心音ちゃんの可憐さに目を惹《ひ》かれている。

「久しぶり、零《れい》くん。元気にしてた？」

「うん、心音《ここね》先輩も元気そうで何より」

「ふふっ、先輩呼びじゃなくていいよ。呼びにくいでしょ？」

「あはは、そうだね。心音ちゃんで慣れちゃってるからなぁ」

僕と心音ちゃんは幼稚園の頃からの幼馴染《おさななじみ》だ。

だから学年は一つ年上なんだけど、先輩と呼ぶのはなんだかくすぐったい。

だけど学校の廊下とかで出会う時は、先輩呼びをしないといけない。

僕と心音ちゃんは問題ないんだけど、周りの目がね……。

「学校一の美少女の九条《くじよう》心音を、後輩なのにちゃん付けで呼んでるのは誰だ!?」と、前に教室まで先輩の人たちが来たことがある。

それから学校では先輩と呼ぶことにしているのだ。

「久しぶりに一緒に帰ろ？」

心音ちゃんはニコッと笑って僕にそう言ってきた。

「うん、いいよ」

そして僕と心音ちゃんは隣り合って歩き始める。

「えっ、零くんのご両親、離婚しちゃったの？」

帰っている時の世間話で、春休みに起こった大きな別れについて心音ちゃんに話した。

「そうなんだ……その、零くん、大丈夫？」

「大丈夫だよ、心音ちゃんは知ってると思うけど、僕の両親はなんで結婚したかわからないくらい自由奔放《ほんぽう》だったし」

「昔からそうだったかもね。だけど零くんが大丈夫ならよかったよ」

そう言って心音ちゃんは可愛らしい笑みを浮かべる。

僕もそれにつられて口角を上げてしまう。

昔から心音ちゃんは優しくて、隣にいるだけで元気をくれるような人だ。

「じゃあ今は一人暮らしなの？」

「いや、愛姉ちゃんと一緒に暮らしてるよ」

「……えっ？　お、お姉ちゃんと一緒に暮らしてる？」

「そうだよ。聞いてなかった？」

「き、聞いてないよ！　えっ、本当に零くん、お姉ちゃんと一緒にいるの!?」

「う、うん、そうだけど……」

僕と愛姉ちゃんが一緒に暮らしていることに、とても驚いている様子の心音ちゃん。

「その……お姉ちゃんは元気？」

「うん、元気だよ」

「そっか……」

「愛姉ちゃんとは……ずっと会ってなかったの？」

僕と心音《ここね》ちゃんが中学生の時、心音ちゃんに「お姉ちゃんが家に全然帰ってこないんだ」と言われたのを覚えている。

その時は、「そうなんだ、寂しいね」って話をしたけど、どのくらい帰ってきていないのかは聞いていなかった。

だけど今の心音ちゃんの反応から見るに、愛姉ちゃんは……。

「うん、八年近く会ってないよ」

「八年……」

やっぱりずっと会ってなかったのか。

僕も愛姉ちゃんとはずっと会っていなかったけど、まさか家族である心音ちゃんもそんなに会ってなかったとは……。

「お姉ちゃん、高校卒業と一緒に大学に通うために一人暮らし始めたんだけど、それから一回も家に帰ってきてないの」

「そうなんだ……」

大学生になって一人暮らしをするというのは珍しくないと思うけど、そこから一回も家に帰らないというのは……ちょっとおかしい。

「お姉ちゃんが大学に入学した時、私はまだ小学生だったしスマホ持ってなくて、連絡先も知らなかったしね」

「そっか。ご両親からは何か聞かなかったの？」

「うん……なんかうちのお父さんとお母さん、お姉ちゃんの話をしたがらないというか……」

「あっ、そうなんだ」

「だから私も自然とお姉ちゃんのことについて触れなくなっちゃって……」

もしかして、愛姉ちゃんはご両親と何かあったのかな？

八年も帰らないって、相当だと思うんだけど……。

「……お姉ちゃん、元気なんだよね？」

「うん、すごい元気だよ」

「そっか、うん、よかった！」

そう言って笑う心音ちゃんは、昔から僕が好きなとても可愛らしい笑みを浮かべていた。

「愛姉ちゃん、もう社会人だよね？　どんな仕事してるか聞いてる？」

「どんな仕事かはあまりわからないけど、社長やってるらしいよ」

「社長!?　えっ、そうなの!?」

その後、別れ道が来るまで、僕と心音ちゃんは愛姉ちゃんについて話した。

その日の夜。

愛姉ちゃんはいつも通り、十八時過ぎくらいには帰ってきた。

僕が作った夕飯をリビングで一緒に食べながら話す。

「そういえば愛姉ちゃん、今日は心音《ここね》ちゃんと会ったよ」

「っ！　心音と？」

「うん」

愛姉ちゃんは目を見開き、少し気まずそうに目線を逸《そ》らした。

「そうか……その、心音は、元気か？」

「うん、元気だよ。……ふふっ」

「ん？　なんで笑ったんだ？」

「いや、心音ちゃんに僕と愛姉ちゃんが一緒に暮らしていること言ったら、心音ちゃんも同じことを最初に聞いてきたから。愛姉ちゃんは元気か、って」

「っ……そうか」

眉《まゆ》を下げて嬉《うれ》しそうに、だけど少し寂しそうに笑う愛姉ちゃん。

……聞いても、いいのかな？

「愛姉ちゃん、ずっと心音ちゃんと会ってなかったの？」

「……ああ、そうだ。零《れい》は今も会ってるのか？」

「同じ高校で先輩だからね。時々学校で会ったりするよ」

「そうだったのか。そうか、あの子ももう高校三年生か……可愛くなっただろう？　あの子は」

「うん、学校一の美少女って噂《うわさ》されてるよ」

「ふふっ、そうか」

話を聞いて面白そうに笑う愛姉ちゃん。

いつも通りの愛姉ちゃん、のように見えるんだけど、やっぱりどこか雰囲気が違う。

上手《うま》く言葉にできないけど、どこか寂しそうで、悲しそうな雰囲気だ。

「もう心音も受験の年か……大変だろうけど、頑張って欲しいな」

「心音ちゃんは頭もいいみたいだよ。学期末テストとかでも、トップ三くらいの成績だって」

「ほう、そうか、すごいな。それなら受験も心配ないかもな」

「うん……愛姉ちゃんも大学受験したんだよね？」

「ああ、もちろんだ。懐かしいな、もう八年も前のことだ」

「……愛姉ちゃんが大学に入ってから、実家に帰ってないって心音ちゃんが言ってて、心配してたけど」

それについて聞くのは、とても迷った。

おそらく、いや、確実に何か事情があるとわかっていたから。

だけどやはり、聞かずにはいられなかった。

愛姉ちゃんは聞かれると思っていたのか、特に驚かずに一瞬だけ考えてから答える。

「……そうか、心音《ここね》には心配をかけたみたいだな。申し訳ないことをした」

「い、いや、心音ちゃんも怒ってはなかったから大丈夫だよ。愛姉ちゃんが元気だって伝えたら、すごく安心してた。その後、社長になってるって言ったらすごい驚いてたけど」

「ふふっ、そうだろうな」

愛姉ちゃんは目を細めて笑うと、少し下を向いて話す。

「……心音の両親が私について、何か話していたと言っていたか？」

「心音ちゃんの、両親について？　えっと……心音ちゃんが愛姉ちゃんについてご両親に聞こうとしても、何か喋《しゃべ》りづらそうにしてたって言ってたかな」

「そうか……まあ、そうだろうな」

ふっと一瞬だけ息を吐くような笑いをした愛姉ちゃん。

やはり何か、ご両親とあったんだろうか……。

さっき「心音の両親は私について」と言っていたけど……「心音ちゃんの両親」ってわざわざ言っているような気がした。

心音ちゃんの両親ということは、愛姉ちゃんの両親でもあるはずだ。

だけど愛姉ちゃんが、「自分の両親」だと言うのを避けた感じがあった。

「えっと……実家には帰らないの？　もうずっと帰ってないって聞いたけど」

「そうだな、もう八年近く帰ってないか……正直、帰るつもりはないな。それに、私が帰っても両親は喜ばないだろう」

「……そ、そっか」

やっぱり、愛姉ちゃんはご両親と仲が良くないようだ。

喧嘩《けんか》して別れちゃった、とかかな？

……いつも楽しく食べている夕食の時間が、とても重たい空気になってしまった。

「すまないな、零《れい》。こんな話をしてしまって」

「い、いや、大丈夫。僕のほうから聞いたし、逆にごめんなさい」

「大丈夫だ。今日の夕飯も美味《おい》しいぞ、零。お弁当もとても美味しかった」

「そっか、よかった！」

暗い雰囲気を払拭《ふっしょく》しようと、お互いにまた違う話を始める。

僕もさっきよりも少し声のトーンを上げて明るく振る舞う。

「いつも美味しい食事をありがとうな、零。一緒に暮らし始めて、零のお陰で食事が本当に楽しみになったよ」

「ありがとう！　だけど愛姉ちゃんの料理にはまだまだ敵《かな》わないから、もっと頑張るよ！」

「うっ……い、いや、私なんてそんな……」

あ、あれ、また愛姉ちゃんが落ち込んでしまった。

何か気に障ることを言ったかな？

「それに、お礼を言うなら僕のほうだよ。両親が離婚したのに、こんなにいい家に住まわせてもらって、楽しく暮らせてるのは本当に愛姉ちゃんのお陰だよ、ありがとう」

「……ふふっ、いや、家族として一緒に住むのは当たり前だろう。礼には及ばない」

「いやいや、それなら僕だって家族としてご飯を作るのは当たり前だよ」

「それは当たり前じゃないぞ、零《れい》には感謝してる」

「それを言うならこんないい家に住まわせてもらってるのも当たり前じゃないよ！　僕のほうが愛姉ちゃんに感謝してるから！」

「いや、私のほうがありがたく思ってる」

「僕のほうだから！」

お互いに前のめりになりながら感謝を言い合う。

何度か「僕のほうが！」「私のほうが」と言った後、僕が下を向いて「あっ」と言った。

愛姉ちゃんもつられて下を向くと、まだ僕たちは全然食事を食べ終えてないことに気づいた。

そして顔を上げて目線が合うと……お互いに笑い合った。

「食べるか」

「そうだね」

僕と愛姉ちゃんは食べ始めた。

とりあえず、さっきの気まずい雰囲気はなくなったみたいでよかった。

だけど、やはり譲れない部分もある。

「僕、愛姉ちゃんにすごい感謝してるからさ。何かお礼がしたいんだ」

「お礼など、別に必要ないぞ？　家事もほぼ毎日やってもらってるし、それだけでもとても助かっているんだ」

「だけど愛姉ちゃんも一人暮らし長いから、ずっとやってきたでしょ？」

「……いや、まあ、その、そうだな」

なぜか歯切れがとても悪いけど、八年間も一人暮らしをしている愛姉ちゃんだったら、絶対に家事も完璧《かんぺき》なはず。

だって料理もすごい美味《おい》しかったし。

「だから家事だけじゃなくて、何か愛姉ちゃんのためにお礼をしたいんだよ」

「……家事だけでもすごい助かっているのだが、本当に」

とても真面目《まじめ》な顔でそう言った愛姉ちゃんだが、僕に気を遣ってくれているのだろう。

「なんでも言ってね、愛姉ちゃん。もちろん、僕ができることに限られるけど」

そう言って僕が笑うと、愛姉ちゃんは少し目を丸くしてから一瞬考える。

「……それなら、零。今度の土曜日は空いてるか？」

「土曜日？　うん、学校もバイトもないけど」

「じゃあ、その、一緒に出かけないか？」

「もちろんいいよ……えっ、それだけ？」

お礼をしたいというのに、一緒に出かけるだけ？

「どこに出かけるの？」

「うーん、まだ決まってないが、どこか二人で楽しめるところだな」

「えっ、それ、お礼になるかな？」

「お礼なんてどうでもいいさ、私は零《れい》と一緒に出かけたいだけなんだ」

「……そっか。うん、僕も愛姉ちゃんと一緒に遊びに行きたいな」

一緒に住み始めて一週間ほど経つけど、まだ二人でどこかに行ったりしたことはない。

いつか一緒に遊びたいと思ってたけど、社長で忙しそうな愛姉ちゃんを僕から誘うのは少し遠慮していた。

だけど愛姉ちゃんから誘ってきてくれたから、とても嬉《うれ》しい。

「愛姉ちゃんのお仕事は大丈夫なの？」

「ああ、もともと土日は休みだし、零のために金曜までに仕事は命懸けで終わらせてくるさ」

「い、命は懸けなくてもいいからね」

「ふふっ、大丈夫だ。まあ急遽《きゅうきょ》土日に仕事が入ることもあるが、その時は麻里恵《まりえ》に……秘書に仕事をぶん投げてくる」

「そ、それは大丈夫なの？」

秘書の麻里恵さんって人が可哀想《かわいそう》だけど……。

「大丈夫だ、そうならないようにするし、なったとしても私の秘書ならなんとかしてくれる」

「そうなんだ……秘書さんのこと、信頼してるんだね」

「ああ、私の一番の親友だ。部下でもあるな」

秘書の麻里恵さんという方のことを話す愛姉ちゃんは、とても優しい笑みを浮かべていた。

いいなぁ、そんなに信頼できる親友という人がいて。

愛姉ちゃんが羨《うらや》ましいし、その麻里恵さんっていう人も羨ましい。

愛姉ちゃんにそんなに信頼されているんだから。

とても良い人なんだろうなぁ。

「じゃあ、土曜日に出かける場所は私が考えておく」

「うん、わかった」

そして僕たちは夕飯を食べ終え、僕は食器とかの洗い物をする。

愛姉ちゃんはその間にお風呂を洗ってくれている。

土曜日かぁ、どこに行くんだろう。

誰かと一緒に遊びに行くのは久しぶりだ、最近は竜鬼《りゅうき》くんとも遊びに行ってなかったから。

しかも愛姉ちゃんとは初めて遊びに行くから、とても楽しみだ。

小さい頃は一緒に遊んだ記憶がかすかにあるけど、それもずっと家の中だった。

……あれ？

待って、愛姉ちゃんと二人きりで遊ぶってことは……。

「もしかして、デートってこと……？」

思わず考えていることが口に出てしまった。

一瞬だけ呆《ほう》けてしまい、洗っている食器を落としそうになってハッとする。

危うく床に落として割ってしまうところだった。

食器を洗うのに気をつけながら、頬《ほお》が少し熱くなるのを感じつつ考える。

これ、デートっていうのかな？

だけど僕と愛姉ちゃんは家族で姉弟だから、デートとは言わない？

でも僕と愛姉ちゃんは血が繋《つな》がってないわけで……いや、血が繋がってなくても僕たちは家族だけど、今はそういうことじゃなくて……。

「零《れい》、お風呂洗い終わったぞ」

「ひゃい!?」

「んっ？　どうした？」

考え事をしていたら、いきなりリビングに入ってきた愛姉ちゃんの声に驚いて奇声をあげてしまった。

は、恥ずかしい……。

「う、うん、わかった。僕もそろそろ食器洗い終わるから」

「そうか、ありがとうな」

恥ずかしい気持ちを抑えながら、愛姉ちゃんと会話した。

その後、食器を洗い終わり、先に僕がお風呂に入ることに。

お風呂の中でも、やっぱり思わず考えてしまう。

「うぅ……デ、デートなのかな？　僕、女性と二人きりで遊びに行ったことないから、わからないんだけど……！」

お風呂に浸かりながら思わず独り言を呟《つぶや》いてしまう。

デートだったら、やっぱり男の僕がエスコートしないといけないのかな？

だけどあの完璧《かんぺき》な愛姉ちゃんをエスコートなんて、僕にできるだろうか。

しかも僕は初めてだけど、愛姉ちゃんは違うかもしれない。

むしろあんなに綺麗《きれい》な人が男性とデートしたことないなんて、考えられない。

「……うぅ」

そこまで考えると、僕の中でモヤモヤした気持ちが広がった。

いや、別に僕は愛姉ちゃんの彼氏じゃないんだから、そういうのは別に、愛姉ちゃんの自由で……うん。

と、とりあえず、土曜日のことについてだ。

明日、竜鬼《りゅうき》くんに相談してみよう。


——そして、翌日。


「愛姉ちゃんとのお出かけが決まったんだけど……どうすればいいかな?」

「いきなりだな」

学校の昼休み、竜鬼くんにそうツッコまれた。

うん、そうだよね、まだ何も説明してないから。

昼ご飯を食べながら、竜鬼くんに相談する。

「土曜日、愛姉ちゃんと出かけるんだ」

「そうなのか。零《れい》から誘ったのか?」

「いや、愛姉ちゃんから。えっ、僕から誘ったほうがよかったかな?」

「知らねえよ」

だけど愛姉ちゃんは仕事で忙しいし、僕から誘うのは難易度が高い。

「二人で出かけるんだけど……これってデートかな?」

「まあ、デートなんじゃねえの? 男女が一緒に出かけるんだから」

やっぱりそうだよね……そう思うと、余計に緊張してきてしまう。

「……僕はどうすればいいんだろう」

「いや、普通に楽しめばいいんじゃないか？」

「そうなんだけどさ、ほら、デートでエスコートするにはどうすればいいのかな、って」

「エスコートね……」

ご飯を食べ終え、机に肘《ひじ》をつきながら一緒に考えてくれる竜鬼くん。

「大企業の敏腕女社長を相手に、高校二年生の男子がエスコートなんてできるとは思えねえが」

「うっ……た、確かに」

そういえば忘れていたけど、愛姉ちゃんは超が付くほどの金持ちだ。

とてもじゃないが、僕がエスコートできるような女性ではない。

「それにどこに行くかも決まってないのに、エスコートなんて考えられないだろ。行く場所はあっちが決めるんだろ？」

「うん、そう」

「じゃあもうあっちがエスコートする気なんじゃないのか？」

「そう、なのかな。だけど愛姉ちゃんに全部任せっきりっていうのもなぁ」

「それは確かにな」

男として、デートプランを全部任せるのもちょっと情けないというか……。

僕と愛姉ちゃんの初めてのデートだから、少しでも愛姉ちゃんに楽しんでもらいたい。

「じゃあエスコートはできないとして、デート中にしっかり楽しませればいいんじゃないか？　会話とかで盛り上げたりな」

「そうだね……だけど、今からすごい緊張してるんだけど、ちゃんと喋《しゃべ》れるかな」

「緊張？　なんで？」

「だって、僕と愛姉ちゃんの初めてのデ、デートだよ!?　そりゃ緊張するよ！　それに僕、女性とデートするの初めてだし……」

顔が赤くなっているのを自覚しながら、正直に話してしまう。

恥ずかしくて視線を下げていたけど、チラッと竜鬼《りゅうき》くんのほうを見ると……なんだか呆《あき》れた顔をしていた。

「な、何？」

「いや……その女性と同棲しているのに、いまさら二人で出かけることに緊張する意味がわからないんだが」

「い、一緒に暮らすのと、デートするのじゃ話は違うよ！」

「まあ話は違うかもしれんが、緊張の度合いの話をすれば、普通は一緒に暮らすほうが緊張するだろ」

「そ、そうなのかな？」

確かに恋人とかが同棲と考えると、一緒に暮らすほうが緊張するし難しいのかもしれない。

「だけど僕と愛姉ちゃんは家族だし」

「……じゃあ家族と二人で出かけるだけなんだから、緊張しないだろ」

「だ、だからそれとこれとは話が違うって！」

「……なんかズレてんな、零《れい》って」

うーん、ズレてるのかなぁ。

「多分、零のお姉ちゃんは緊張してないんじゃないか？」

「そうかも、愛姉ちゃんは大人だし、今までも男性とデートくらいはしてきただろうし……いや、もしかしたら僕とのお出かけも、デートだと思ってないのかもしれない……」

「いきなり落ち込むなよ。情緒不安定か」

竜鬼くんの言う通り、愛姉ちゃんは僕を誘う時も緊張した様子もなかったし、男性とデートなんて慣れているのだろうか。

「あっ……そういえば僕、デートに着ていくような服持ってない」

「……別に普通の私服でいいんじゃないか？」

「だけど僕、相手はあの愛姉ちゃんだし……！」

いつもの服でもいいのかもしれないけど、愛姉ちゃんと並んで歩くには絶対に見劣りしてしまう気がする。

「どうしたらいいんだろう、竜鬼《りゅうき》くん……」

「何の相談だよ、これ……授業はまだあるのに大丈夫か、零《れい》」

最後に竜鬼くんにため息をつかれて、昼休みの時間は終わった。

◇◇◇

一方、その頃の愛音《あいね》は……。

「零くんとデートが決まった……！　どうすればいい……！」

「いきなりなんすか」

社長室の椅子《いす》に座り、机に両肘《ひじ》をついて頭を抱えていた。

仕事の書類を渡しに来た麻里恵《まりえ》から書類をもらい、またそれを確認しながら喋《しゃべ》る。

「土曜日、零くんとデートすることが決まった」

「そうすか、よかったすね。愛音から誘ったんすか？」

「ああ、死ぬほど緊張した。吐血しそうだった」

「もうちょっと可愛らしい表現で言えなかったんすか」

それほど緊張した、ということだろう。

「デートの場所なんだが、どこに行けばいいと思う？」

「別にどこでもいいんじゃないっすか。ちなみに第一候補は？」

「星五の高級ホテルのレストラン」

「ないっすわ」

「なぜだ⁉」

愛音は本気でそこを第一候補にしていた、もうスマホで調べて予約ボタンを押そうとしていたくらいだ。

「高校二年生とのデートっすよね？　なんでそんな高級なところに行くんすか？　何か記念日ならともかく」

「零くんと一緒なら毎日が記念日なのだが」

「そういう寒いのはいらないっす」

「……本当に、なしか？」

「なしっすね。別に私もデートとかあまり行ったことないから、アドバイスなんてあんまできないっすけど」

麻里恵は椅子に座り書類を見ている愛音を見下ろす。

高校生の頃から一緒にいる麻里恵が知る限り……。

「愛音、人生で初デートっすよね？」

「……うむ、そうだ」

同性で昔から仲がいい麻里恵《まりえ》から見ても、愛音《あいね》はとんでもない美女だ。

高校生の頃から男子にモテていて、デートの誘い、告白なんて何回もされていた。

大人になるにつれ、その美しさ、妖艶さは磨きがかかってきた。

愛音が他会社の社長から食事デートに誘われることなんて、日常茶飯事《さはんじ》だ。

だが、愛音はそれらを一回も受けたことがない。

そんな愛音が、男性に二人きりのデートを誘う。

大事件だが、相手が零《れい》ということで特に驚くことはない。

「デート場所は……適当にショッピングモールとかでいいんじゃないすか？」

「そんな場所でいいのか？」

「男女のデートなんてそういうところでいいんすよ。大事なのはどこに行くかじゃなくて、誰と行くかなんすから」

「っ……麻里恵、お前はやはり天才か」

「いや、やっぱり愛音が馬鹿なだけっすよ」

確かにその通りだ、と考え直す愛音。

「そうだな、零くんと一緒なら私はどこでも楽しめる自信があるぞ」

そう思うとショッピングモールでもいい気がしてきた。

だが……。

「私は零くんといるだけで楽しいが、零くんがそうじゃなかったら……」

「いきなり落ち込んでめんどくさいっすね、情緒不安定っすか」

ズーンと効果音がつきそうなくらい落ち込む愛音。

「というか、相手の零君はどうなんすか？　デートを楽しみにしてるんすか？」

「……多分。楽しみにしてるって言ってくれた。だけどデートだと思ってくれてるのかはわからない」

「はっ？　デートしようって誘ったんじゃないっすか？」

「いや、一緒に出かけないか、って……」

「うわー、愛音、ビビったんすね」

「ビ、ビビるだろ！　生まれて初めてデートに誘ったんだぞ！　断られたらどうしよう、って思うだろ！」

「話を聞く限り、零君が断るとは思えないっすけど」

それは愛音も思うが、万が一ということもあった。

「じゃあ零君はデートって思ってないんじゃないっすか？」

「うぅ、やっぱりそう思うか？」

やっぱりしっかり「デートしよう」と言えばよかったと少し後悔する。

「というか、もう同棲もしてるんだから、別にデートくらい緊張しないいんじゃないっすか？」

「それとこれとは話は別だ！　一緒に住むのは家族だからできるが、デートは違うだろう！」

「意味わからないっす。普通は初デートよりも、同棲のほうがハードル高いはずっすけど」

「家族が一緒に住むのは当たり前だろう」

「……ズレてるっすね」

自分がズレているとは全く思わない愛音《あいね》だった。

「ショッピングモールでデートって何をするんだ？」

「さあ、自分で考えればいいんじゃないっすか」

「……ショッピングモールって、貸切にしたほうがいいのか？」

「馬鹿じゃないっすか。そんなことしたら高級レストランよりも引くっすよ」

愛音の財産をもってすれば余裕で貸切くらいはできると思うが、いきなり土曜日を貸し切らせてくれるショッピングモールを見つけるのも難しいだろう。

「はっ……待て、麻里恵《まりえ》、私、デートに着ていく服がないぞ……？」

「……普通に私服でいいんじゃないっすか？」

「私が私服をほとんど持ってないのは知っているだろう！」

愛音は今までずっと仕事一筋だったから、スーツと部屋着くらいしか持っていないのだ。

最低限の私服はあるが、デートに着ていく服に相応《ふさわ》しいかと聞かれたら、断じて否だ。

「くっ、いったいどうすればいいんだ……！」

「マジで、何の相談なんすかこれ……仕事してくださいよ、社長」

その後も、愛音《あいね》からのデートの相談は続いた。

第２章　初デート

愛姉ちゃんと約束をした、土曜日になった。

……一週間って、こんなに早かったっけ？

昨日の夜はとても緊張して、あまり寝付けなかった。

だけどデートは……ようやく自分の中で、これがデートだと認めることができた。

今日のデートは、お昼過ぎぐらいから。

どうやら愛姉ちゃんはデートの準備？　があるみたいで、もうすでに家を出ている。

もしかしたらデートの準備と言ってたけど、仕事だったんじゃないかな……。

僕に心配をさせないように、準備とか言ったのかもしれない。

そうだったら申し訳ないけど、大丈夫なのかな？

デート場所は愛姉ちゃんが決めてくれて、大型のショッピングモールだ。

いろんな店が多く入っているところで、服屋やレストランはもちろん、映画館などもあるという本当に大きな場所である。

電車で行かないといけなかったので少し早めに出て、待ち合わせの十分前くらいに着くようにした。

入り口の外で待ち合わせをしているので、そこに立って愛姉ちゃんを待つ。

周りにも僕と同じように待ち合わせをしているのか、何人も立っている人がいた。

僕が一番その中でそわそわしている気がする。

すごい楽しみなんだけど、それ以上に緊張が優っているかもしれない……。

……僕の服、大丈夫かな？

チラッとガラスに反射する僕の服を見て、そう思ってしまった。

僕の格好はシンプルで、黒いパンツに上はカーキ色のブルゾンに下には白いTシャツ、確かブルゾンの名前はMA−1……というやつだった気がする。

ファッションに疎《うと》い僕だけど、一週間の間に竜鬼《りゆうき》くんに買い物に付き合ってもらった。

竜鬼くんは前にも言った通り、家が経済的にキツイので服をほとんど買わない人だけど、ファッションについては結構詳しい。

だから僕に似合う服を一緒に探してもらったのだ。

とてもありがたく、僕がお礼を言うと竜鬼くんは……。

『俺は服は好きだが、こうして服を見て選ぶことはないからな。むしろそういう機会をつくってくれてありがたいくらいだ』

と言われた……竜鬼くんがカッコよくて、優しすぎて泣いてしまいそうだった。

今度お礼に、絶対に服を買って贈ろうと思った。

とにかく、僕の服は竜鬼くんに選んでもらったので、バッチリ……だと思う。

竜鬼くんの趣味が少し入っているから、僕にしては少しカジュアルめな服なので、ちょっと心配だ。

似合ってるかな？　なんだか服に着られてる感が否めない気がする。

竜鬼くんも似合ってるって言ってくれたから、それを信じよう。

服といえば、愛姉ちゃんってどんな格好で来るんだろう？

愛姉ちゃんの私服を僕はほとんど見たことがない。

外に出かける時は仕事だけなのでスーツ姿だ。

家にいる時はスーツ姿ではもちろんないけど、外に出かける用の服でもない。

そう考えると、愛姉ちゃんの私服が気になってきてしまう。

愛姉ちゃんはスタイルもいいし、どんな服でも似合いそうだ。

とても美人な愛姉ちゃんだから、イメージはカッコよくてサバサバしてそうな感じなんだけど、どうなんだろうか。

そんなことを考えていたら……周りにいる人々が、騒《ざわ》めきだした。

入り口で待っている人たちだけじゃなく、ここら辺にいる人たち全員がある方向を見ている。

僕もつられてそちらを向くと、そこから一人の女性がこちらのほうに向かってきていた。

「……えっ？」

その女性を見て、思わず声が出てしまった。

どこからどう見ても愛姉ちゃんなんだけど、さっきまで僕が想像していた愛姉ちゃんの私服のイメージとは全く違う。

スーツ姿の愛姉ちゃんは一目見て「美人」と誰もが思うような、凛《りん》とした雰囲気があった。

だけど今は……す、すごく可愛い。

ピンク色の長袖のブラウス、ゆったりとした緩みがあるものだけど腰あたりがキュッとしていて細く見え、愛姉ちゃんのスタイルの良さを引き立てている。

そしてピンク色というのが意外だったけど、派手なピンクとかではなく、淡い色で落ち着いた感じで、大人っぽさを残しながらも可愛らしさもある。

下は白のロングスカートで、これまた大人っぽい可愛らしさを出していた。

足下は黒のパンプスで、それがふんわりした雰囲気を一気に引き締める感じがあり、とても似合っている。

髪もいつもは綺麗《きれい》に流して下ろしているが、今日はポニーテールにしていた。

それもいつもとは違うギャップがあり、ドキッとしてしまう。

総じていうと……美人なのに可愛いって、完璧《かんぺき》すぎない？

周りの視線を集めている愛姉ちゃんはすぐに僕を見つけてくれたようで、笑みを浮かべてこちらに向かってきた。

その笑顔もどこかいつもと違うように見えて、ドキッとしてしまう。

「れ、零《れい》、すまない、待たせたか？」

「い、いや、大丈夫だよ……！」

僕の目の前に来た愛姉ちゃん、だけど僕はドキドキしすぎて正面から見られない。

顔が真っ赤になっているのが自分でもわかる。

愛姉ちゃんを近くで見るとわかったけど、メイクもいつもより可愛い系になっている。

まさか愛姉ちゃんがこんな可愛い感じで来るとは思っておらず、完全に不意打ちだった。

「零、顔が赤いけど大丈夫か？」

「だ、大丈夫……ちょっと今は、落ち着かせてくれると助かります……」

「そ、そうか……」

愛姉ちゃんの姿が僕には刺激的すぎて、とりあえず深呼吸する。

「そ、その、初めてこのような服を着るんだが……似合ってないか？」

「っ、似合ってるよ！」

僕が変な反応をしてしまっているから、愛姉ちゃんが不安になってしまったようだ。

思わず何も考えずに脊髄《せきずい》反射でそう返事をした。

「えっ、そ、そうか……？」

「うん！　す、すっごい可愛いよ、愛姉ちゃん！」

「っ！　あ、ありがとう……」

僕の言葉に愛姉ちゃんが頰《ほお》を赤らめて、だけど嬉《うれ》しそうに微笑《ほほえ》んだ。

くっ、その笑顔がまた僕にダメージを……！

「れ、零《れい》の格好も、とても似合っているぞ。いつもと雰囲気が変わっていて、カッコいい」

「あ、ありがとう」

よかった、愛姉ちゃんに似合っていると言われて。

やっぱり竜鬼《りゆうき》くんには今度絶対に服をプレゼントしよう。

お互いに服を褒め合って、少し黙ってしまう。

周りも愛姉ちゃんに注目してた人が多かったから、いろんな人に見られてる気がする。

「そ、そろそろ中に入るか」

「う、うん、そうだね」

なんだかぎこちない感じで、僕と愛姉ちゃんのデートが始まった。

◇◇◇

愛音《あいね》と零が待ち合わせ場所で出会う、数時間前。

愛音は朝から麻里恵《まりえ》の家にいた。

大企業の社長の秘書、だからそれなりにいい部屋に住んでいる麻里恵。

そこで麻里恵に、今日の服装や髪型、メイクまでも指導してもらったのだ。

今日着ている服も、全部麻里恵に言われて買ったもの。

髪型とメイクは麻里恵にやってもらうために、零と一緒にデート場所へ行くことを諦《あきら》めた。

服は本当ならもっと違うやつにしたかったのだが、試しに愛音が選んだものを麻里恵に見せたら……。

『地味でダサいっす』

とバッサリ切られた。

どうやら麻里恵が言うには、愛音は私服のセンスがないらしい。

それからロングスカートとブラウスを買わされ、ついでに下着も買わされた。

『お、お前、なんでこんな布地が少ない下着を……！』

『これくらい勝負下着なら普通っす』

『しょ、勝負下着って、お前、何を考えて……！』

『今日じゃなくてもいつかそうなるかもしれないじゃないっすか。そうなってからだったら遅いんすよ』

『だ、だがまだ零は高校二年生だし、未成年だぞ……!?』

『高校二年生だったら親の同意があれば全く問題ないっすから』

そんなことを言われて、無理やり今日も勝負下着を着せられた。

しかし勝負下着という名前だけあって、どこか気合いが入ったような気もする。


そしていざ、デートの待ち合わせ場所へと来たのだ。

……まだ愛音《あいね》はデートだということを零《れい》に言ってないから、もしかしたら零はデートだと思ってないかもしれないが。

愛音は電車ではなく、車を自分で運転してやって来た。

車は結構昔に買った高級外車で、会社に行く時にいつも使っている。

まだ零には見せていなかったから、今日のデートでドライブもしようと思っていた。

そして待ち合わせて、零の反応がイマイチだったらどうしようと思っていたが、想像以上に良い反応を示してくれた。

それは良かったのだが……。

(零がこんなにカッコ可愛いいなんて、聞いてない……!)

待ち合わせに来てビックリしたのは、零がとても良い感じに着飾っていたことだ。

零も愛音の私服を見たことはなかったが、愛音も零の私服をほとんど見たことがなかった。

お互いに相手の私服姿でダメージを受けてから、デートが始まった。

最初はダメージを引きずってぎこちなかった二人だが、すぐにいつもの調子に戻り、普通に話せるようになった。

それでも二人とも少し顔が赤く、ちょっと気持ちがふわふわしているのはデートという状況だからだろうか。

「それで、愛姉ちゃん、まずはどこに行くの？」

「服屋を見て回るのはどうだ？　このショッピングモールは服屋が百店舗以上もあるからな」

「そんなにあるんだね。じゃあ服屋があるところに行こっか」

二人は並んで歩き、ショッピングモールの二階の服屋が並んでいるところへ向かう。

そして適当な服屋に入ると、そこはメンズの服が多く置かれている店だった。

「ここでいいの？　愛姉ちゃんの服が見れないけど……」

「それなら後でいいさ。まずは零の服を私も見て、選んでみたいしな」

もともと愛音は自分の服に興味がなかったので、選ぼうとしても部屋着ぐらいしか選ぶことができない。

だけど零の服を選ぶとなると、話は別だ。

シンプルな服でこんなにもカッコよくて可愛くなっている零を見て、さらにいろんな姿が見たくなっている。

零《れい》の似合う服を探し、それを試着してもらう……そう考えるとワクワクしてくる愛音《あいね》だった。

「試着して、気に入ったやつがあったら買おうか」

「うーん、だけど僕、最近この服買っちゃったから、お金ないんだよね」

「もちろん私が全部払うさ。零は気に入ったのがあれば言ってくれ」

「えっ、それは悪いよ」

「何を言っている、これくらいはさせてくれ。せっかく一緒にここまでデ……出かけに来たのだから」

デート、というのを躊躇《ためら》ってしまい、言えなかった。

いまだに零がこれをデートだと思っているのか、まだ聞けていなかった。

だけど……。

(零くんの今の服、最近買ったということは……今回のデートのために買ってくれたのか？　なんとも嬉《うれ》しいことを……！)

その気持ちだけでとても幸せになる。

本当ならその服に使ったお金も全部愛音が払いたいのだが、零は払わせてくれないだろう。

だが今日くらいは、絶対に全部払うつもりだ。

「とりあえず、これでも試着してみるか？」

そう言って愛音は一枚の服を手に取り、零に渡した。

零がそれを受け取り、上着を脱ぐ。

そこから、零に似合う服を探す旅が始まった――。

◇◇◇

……デートが始まって、二時間以上が経っただろうか。

二階の服屋が並んでいるところから、僕たちは動いていない。

いや、僕たちというか……愛姉ちゃんが、動かない。

「これも似合いそうだな……零、次はこれと、あとこれを合わせて着てみてくれ」

「……うん、わかった」

カーディガンとズボンを渡され、僕はまた試着室に入る。

ほぼ無心になりながらそれに着替え、カーテンを開けた。

「どう？」

「っ！　とっても良いぞ！　ふむ、それも可愛いなぁ……じゃあパンツはそのままで、次はこのジャケットを着てくれ」

「……うん、わかった」

ジャケットを渡され、またカーテンを……いや、上を脱ぐだけなら別にカーテンを閉めなくてもいいのか。

なんかよくわからなくなってきたけど、とりあえずジャケットを着る。

「それも良いな！　零《れい》は何色でも似合うが、やっぱり派手な色よりも淡くて優しい色のほうが零っぽくて可愛い……！」

「……そっか、ありがとう」

愛姉ちゃんに褒められるのは嬉《うれ》しいけど……これを二時間以上もやられると、さすがに疲れてきた。

しかもまだ服屋は百店舗以上もあるというのに、まだ二店舗目だ。

男女両方の服がある大きな店なんだけど、愛姉ちゃんは僕のばっかり選んでる。

あとさらに僕を疲れさせる理由が……。

「店員さん、これもお願いします」

「か、かしこまりました！」

ジャケットを脱いで愛姉ちゃんに預けると、流れ作業のように愛姉ちゃんがそれを店員さんに渡す。

さっきの店でもそうだったけど、僕が着て愛姉ちゃんが「良い！」とか「可愛い！」とか言った服を、全部買ってしまっている……。

すでに店員さんも十着くらい渡されているので、驚きながらも対応してくれている。

「いや、愛姉ちゃん、さっきの店でもいっぱい買ったんだし、もう買わなくても……」

「まだ二十着も買ってないぞ？　全然足りないくらいだ」

「……多すぎじゃない？」

「零《れい》が全部似合うのがいけないな」

「初めてそんな責任転嫁をされたよ」

「それに零、これは私へのお礼としてデ……出かけているのだろう？」

「そうだけど」

「だから私のやりたいようにやらせてくれ。私は零がいろんな服を着てるのを見たいし、買いたいのだ」

「うーん、だけど……」

「その、迷惑か……？」

愛姉ちゃんが服を選ぶ手を止め、不安そうに僕を見てくる。

「いや、僕としてはあまり服も持ってないし、すごいありがたいんだけど」

「っ！　それなら、次はこれを着てくれ！」

楽しそうにまた僕に服を渡す愛姉ちゃん。

愛姉ちゃんの悲しそうな顔は見たくないから、しょうがない……。

それに僕が服を着てみせたら良い反応をしてくれるから、僕もそこは嬉《うれ》しい。

ただ、ちょっと選ぶ時間が長くて、買う服が多すぎるのがあれだけど……。

やっぱり愛姉ちゃんは今日着ている服もオシャレだから、服が好きなんだろうなぁ。

あ、それなら……。

「ねえ、愛姉ちゃん。そろそろ愛姉ちゃんの服も見ない？」

「ん？　わ、私の服か？」

「うん、僕、愛姉ちゃんの服もすごい興味あるな」

……なんか言い方が変態っぽいかな？

いや、服に興味があるというか、愛姉ちゃんが選ぶ服に興味がある。

「愛姉ちゃん、今日の服もすごいオシャレだし、どういう感じでいつも買い物してるのか見てみたい」

「うっ……」

ん？　なぜか愛姉ちゃんは呻《うめ》いたような声を出したけど、どうしたんだろう。

「大丈夫？　どこか痛いの？」

「い、いや、大丈夫だ……わ、私の服を選ぶのか？」

「うん、愛姉ちゃんの服を選ぶところを見たいな」

「そ、そうか……わかった、じゃあレディース服が置いてあるところに行くか」

愛姉ちゃんはそう言ってレディース服のところに向かう。

その前に服を店員さんにお会計してもらうように伝えていた……本当に全部買うんだ。

レディースのほうに行くが、なぜか愛姉ちゃんのテンションが下がっている気がする。

いや、僕の服を選ぶ時のテンションが高すぎただけかな？　まあそれは嬉《うれ》しいけど。

愛姉ちゃんは「うーん……」と悩みながら見て回っている。

なんとなくレディースの服って、メンズよりも種類が多いような気がするなぁ。

いっぱい種類があって選ぶのが大変だろうけど、愛姉ちゃんならすごい綺麗《きれい》なのとか、可愛いのを選ぶんだろうなぁ。

そう思いながら愛姉ちゃんを見ていたら、すごく悩んだ様子で手にした服は……。

「こ、これなんてどうだ？」

「……いいと思うけど、それってパジャマじゃない？」

「えっ……そ、そう、パジャマがちょっと欲しくてな」

なぜ一つ目に選んだのがパジャマなのかはわからないけど、まあ欲しいならいいのかな。

パジャマをカゴに入れて、また悩みながら服を見始める。

そして次に手を取ったのは……。

「こ、これは、どうだ……？」

「……は、派手だね」

派手というか、迷彩柄だ。

えっと……ボ、ボケなのかな？

まずレディースのところにそんなド派手な迷彩柄のシャツがあることが驚きだけど、それを本気で選ぶのはさすがにないよね？

いや、もちろん迷彩柄が似合う人が選ぶこともあると思うけど、愛姉ちゃんにはちょっと似合わなさすぎるというか……。

「うっ……じゃ、じゃあ、これとかは……？」

「えっと……ま、真っピンクだね」

次に選んだのはスカートなんだけど、これまた発光でもしそうなほど派手なピンク色。

しかも膝《ひざ》上、いや、太腿《ふともも》の真ん中あたりしか裾がないようなミニスカで、これも愛姉ちゃんが着るにはちょっと違うような……。

「くっ……」

「そ、その、愛姉ちゃん、大丈夫？　僕のを選びすぎて、疲れちゃった？」

もしかしたら服を選ぶのに疲れて、すごい調子が下がったりするのかもしれない。

それか愛姉ちゃんがいきなりボケだして、ツッコミ待ちをしているかのどっちかだろう。

「い、いや、それは大丈夫だが……零《れい》、その、正直に話す」

「どうしたの？」

愛姉ちゃんはすごい恥ずかしそうな顔をして、下を向きながら話す。

「私は……服にほとんど興味がなくてな。自分の私服を選ぶということを、あまりしたことがない」

「えっ、そうなの？　でも、今着てる服はすっごい似合ってるけど」

「これは、麻里恵《まりえ》に選んでもらって買ったものなんだ。私が選んだものじゃない」

えっ、そうだったんだ……あと本当に麻里恵さんと仲良いんだ。

「だけどさっきまで僕の服を選んでた時は、すごいセンス良かったよね？」

「あ、あれは零《れい》の服だったからだ。零に似合いそうな服はわかったんだが、私に似合う服とかは全くわからなくてな」

「ああ、そういうこと……」

だから迷彩のシャツとか真っピンクのスカートを……いや、わからないで済む話なのか？　だけど納得いった。僕も自分に合う服とか全くわからないし、愛姉ちゃんもそんな感じなんだろう。

完璧《かんぺき》に見えていた愛姉ちゃんにそんな弱点があるなんて、と僕が驚いていたら、愛姉ちゃんが頰《ほお》を少し赤くして目線を逸《そ》らしながら聞いてくる。

「が、がっかりしたか？　私が自分の服も選べない女で……」

「……ふふっ」

愛姉ちゃんが不安げにそんなことを聞いてきて、なんだかおかしくて笑ってしまった。

「うっ、わ、笑うことはないだろう……」

「いや、愛姉ちゃんがなんだか可愛く見えて、つい」

「なっ⁉」

僕の言葉に愛姉ちゃんはさらに顔を赤くした。

「か、からかってるのか⁉」

「ううん、愛姉ちゃんにも苦手なことがあって、なんだか安心したんだよ」

「あ、安心？」

「うん、愛姉ちゃんって本当に完璧だと思ってたからさ。仕事もすごいできて、家事も完璧で」

「うっ……そ、そうか」

なぜか愛姉ちゃんが呻《うめ》いたけど、僕は話を続ける。

「そんな愛姉ちゃんも、さすがにできないことがあるって知って、なんか失礼かもだけど嬉《うれ》しいなって思って」

「……私にもできないことはたくさんあるぞ」

「そっか。それならもっと知りたいな、愛姉ちゃんのこと」

「っ！　そ、そうか……」

愛姉ちゃんが恥ずかしそうに顔を赤らめながら、目線を逸らした。

……ん？　なんか今僕、すごい恥ずかしいこと言った？

い、いや、愛姉ちゃんのことをもっと知りたいっていうのは本当のことだし、うん……それでも少し恥ずかしい。

お互いに恥ずかしくなってしまい一瞬沈黙が訪れるが、すぐに僕から話しかける。

「じゃ、じゃあさ、愛姉ちゃん、僕が愛姉ちゃんの服選んでいい？」

「えっ？　零《れい》が選んでくれるのか？」

「うん！　さっきのお礼も兼ねて、愛姉ちゃんの服を選びたいな」

「いいのか？」

「もちろん！　すごい楽しそうだし！」

僕も自分の服を選ぶのは積極的にはなれなかったけど、愛姉ちゃんの服だったら楽しそうだ。

「……そうか、それならお願いしていいか？」

「うん！」

ということで、僕が愛姉ちゃんの服を選ぶことになった。

さっきまで軽く見て回ってたけど、やっぱり女性の服っていろんなのあるなぁ、すごい迷う。

「愛姉ちゃんに似合う服……愛姉ちゃんってスタイルもすごい良くて、綺麗《きれい》で可愛いからなんでも似合いそうだけど……」

「んっ!?」

「ど、どうしたの？」

「い、いや、なんでもない……」

すごい顔が赤くなってるけど、どうしたんだろう？

まあなんでもないならいいかな。

「こういうパンツも愛姉ちゃんはすごい脚が長いから似合いそう……これにこれを合わせたら、絶対に可愛いだろうなぁ」

「んんっ!?　れ、零、考えていることが口に出ていると思うのだが……」

「えっ？　……あっ」

まさか、愛姉ちゃんを綺麗で可愛いとか、スタイルが良いとか……全部言ってた？

「ご、ごめん、愛姉ちゃん、その……」

「い、いや、大丈夫だ。嬉《うれ》しかったぞ、零」

またお互いに顔が真っ赤になってしまった。

ひ、独り言を言わないように気をつけないと……！


そして十分後、独り言に気をつけながらようやく愛姉ちゃんに着てもらうコーデが決まった。

全身コーデを選んでみたので時間はかかったけど、頑張って選んだ。

すでに愛姉ちゃんに渡して、試着室で着替えてもらっている。

似合うといいんだけど……それと愛姉ちゃんが気に入ってくれるといいな。

しばらく待っていると、試着室の中から「き、着替え終わったぞ」という愛姉ちゃんの声が。

「そ、その、開けてもいいか？」

「うん、大丈夫だよ」

試着室のカーテンを開けるのに、僕の許可は必要ないと思うけど、とりあえず答える。

ゆっくりと開かれるカーテン、僕もドキドキしながら愛姉ちゃんの姿を見た。

「っ……！」

「ど、どうだ？　似合ってるか？」

下はスカートではなく淡い色のジーパン、ラッパズボンという膝《ひざ》から下に広がりが少しあるパンツで、愛姉ちゃんの美脚を見せながらも綺麗《きれい》でカッコいい。

上は編み込みがあるニット。袖が五分丈でゆったりと着られるもので、パンツに裾をインすることによってダボッとせずに、ゆるっとした可愛らしいシルエットで収まる。

下はカッコよくて綺麗で、上はとても可愛らしく、メリハリがついた服装で……愛姉ちゃんの不安そうでありながらも期待を込められた表情でこちらを見つめられると……。

「と、とっても良いと思います！」

「な、なぜ敬語に？」

いろいろと混乱して、思わず敬語になってしまった。

予想以上に愛姉ちゃんがカッコよく、可愛いから、もう感謝の言葉しか出ない。

だけど愛姉ちゃんが困惑してるから、ちゃんと言葉にしないといけない。

「愛姉ちゃん、すごく良いよ！　めちゃくちゃカッコいいし、すごい可愛い！」

「っ！　そ、そうか……ありがとう」

僕がそう褒めると、愛姉ちゃんは顔を真っ赤にしながら控えめに微笑《ほほえ》んだ。

とても綺麗な笑みで、僕もドキッとして顔が赤くなってくる。

「あ、愛姉ちゃんは、その服は気に入った？」

「ああ、とても気に入ったぞ。なんて言ったって、零《れい》が選んでくれたんだから」

「そ、そっか、よかったよ」

愛姉ちゃんは嬉《うれ》しそうにしてくれたから、僕も嬉しいけど……僕が選んだ服をあんなに喜んでくれるのは、なんだか恥ずかしい。

僕は目線を合わせられず、違う方向を見ていると……。

「そちらもご購入でしょうか？」

さっきからついてきてくれている店員さんが、ニコニコしながら聞いてきた。

「っ！　あっ、その……」

僕が選んだけど愛姉ちゃんの服だし、愛姉ちゃんがどれくらい気に入ってくれたのかわからないから僕は何も言えなかったんだけど……。

「こちらもお願いする、ニットもパンツもどちらもだ」

「かしこまりました」

愛姉ちゃんは即答で買うと決めていて、店員さんも予想通りといった感じで受け答えをしていた。

それがまた、愛姉ちゃんが本当に気に入ってくれたということが伝わってきて嬉《うれ》しかった。

そして僕と愛姉ちゃんはその服を最後に、そのお店を出た。

最終的に買った服の数で言えば、僕が三十着くらい、愛姉ちゃんが二着だった。

……やっぱり僕の、買いすぎじゃない？


二店舗目を出る頃には、僕と愛姉ちゃんの両手には荷物がいっぱいだった。

服をあれだけ買えば、こうなるのは当然だろう。

「……これ、どうしよっか？」

ずっとこの荷物を持ったままデートを続けるのも難しい気がする。

こうなることがわかっていれば、服屋はデートの最後に行くほうがよかったかもしれない。

「荷物預けるところあるかなぁ？」

こんなに大きなショッピングモールだから、多分あると思うけど。

「零《れい》、それなら私の車に荷物を置きに行かないか？」

「えっ、愛姉ちゃんの車？」

「ああ、私はここまで車で来たからな。荷物は車に置けば問題ないだろう」

「というか、愛姉ちゃんって車運転できたんだね」

「言ってなかったが、毎日の通勤は車を使っているぞ」

「そうだったんだ」

なんだか意外だったけど、愛姉ちゃんの運転する姿は似合う気がする。

ということで、愛姉ちゃんが乗ってきたという車に荷物を載せることになった。

駐車場に行き、愛姉ちゃんの車を見つけたんだけど……。

「こ、これ？」

「ああ、そうだ。結構昔に買った車だが、悪くないだろう？」

悪くないというか……車に詳しくない僕でもわかるくらいの高級車じゃない？

「す、すごいカッコいいね……！」

漆黒が綺麗《きれい》で、フォルムもカッコいい。

車にそこまで興味がなかった僕だけど、これはカッコよくて興味が湧《わ》いてしまう。

キラキラした目で高級車を眺めながら、トランクに荷物を積み込む。

「ふふっ、零が気に入ってくれてよかった。帰りはこれでドライブでもしようか」

「う、うん！　乗ってみたい！」

どんな乗り心地なのか、すごい気になる。

こんな高級車に乗れるなんて……今さらだけど、なんて贅沢《ぜいたく》なんだろう。

そう思うと僕、愛姉ちゃんと出会ってから贅沢ばっかりさせてもらってる。

家賃がいくらかも想像がつかない超高級マンションの最上階に住んでて、今日も合計金額が何十万になるかわからないくらいの服を三十着くらいも買ってもらって……。

……ん？　もしかして僕って、世間一般から見たら……ヒモ男？

いや、ち、違う、よね？

「ん？　どうしたんだ、零《れい》。なんか顔色が悪いが」

「えっ……な、なんでもないよ」

「なんでもないような感じじゃないが……まあ言いたくないなら仕方ないな」

「いや、そこまでのことじゃないんだけど……」

隠すようなことでもないから、愛姉ちゃんに今考えていたことを話す。

「僕って、ヒモじゃないよね？」

「紐？　……ああ、そういうことか。ふっ、何を悩んでいるのかと思ったら」

愛姉ちゃんは軽く笑った。

「だって衣食住、全部愛姉ちゃんにお金を出してもらってるし」

「零は高校二年生だ、その年頃だったら親に衣食住の費用を出してもらうのは普通で、私は零の両親に頼み込んで一緒に住んでいるのだから、私が出すのは当然だ」

「だけど、高校二年生でこんなに贅沢してもいいのかな……？」

愛姉ちゃんが衣食住の費用を出してくれているけど、それが異常なほど高レベルなものだ。

「そこまで気にするな。私が零にしてあげたいだけだからな」

「それは嬉《うれ》しいけど……」

ここまで至り尽せりだと、さすがに恐縮してしまう。

僕もお返しに何かできたらいいんだけど、愛姉ちゃんに何かしてあげられることなんて、家事をするくらいしかない。

「さて、荷物も置いたし、ショッピングモールに戻るか。次はどうする？　まだ行ってない服屋も多いし、また回るか？」

「いや、もう服はいいよ……」

「そうか？　まだ足りないと思うが、零がそう言うならいいか」

あれだけ買ってまだ僕の服を買うつもりだったの？

そんなに買っても服を置く場所が……あるね、あれだけ大きい部屋だ。

このまま愛姉ちゃんに行く場所を決めてもらったら、また僕のためにいろいろ買ってしまうかもしれない。

僕が行く場所を決めないといけないと思い、ショッピングモールのパンフレットを開く。

どこか二人で楽しめる場所で、あまりお金を使わないところ……どこだろう。

映画館もあるからそこでもいいかもしれないけど、愛姉ちゃんが好きな映画を知らないし、僕が興味ある映画もない。

あっ、じゃあここなら……。

「愛姉ちゃん、ゲーセン行かない？」

「ゲーセン？　ゲームセンターか？」

「うん、行ったことない？」

「ふむ、そういえば行ったことはないな」

愛姉ちゃんほど忙しい人なら、ゲーセンなんて行く機会はないだろう。

僕はゲームとか好きだから、時々行くことがある。

「愛姉ちゃんはゲームとかしないの？」

「今までゲームする機会がなかったからな」

「高校生の頃、ゲーセンとか友達と行く機会はなかったの？」

僕は中学生の頃から時々行ってたなぁ。

あっ、だけど女子高生とかは普通行かないものなのかな？

「……私が高校生の頃は、勉強とバイトしかしてなかったから、友達と遊ぶということはほとんどなかったな」

「えっ、すごいね」

「いや、それしかやることがなかったからな」

愛姉ちゃんは少し寂しそうに、遠くを見つめながら話す。

な、なんだか哀愁が漂っている気がする。

そんなに高校生の頃、勉強とバイトを頑張っていたのかな？

それはそれで偉いと思うけど。

「じゃ、じゃあさ、愛姉ちゃんも今日は高校生の頃に戻ったみたいに遊ぼうよ！」

「ん？　私はもう二十五歳だが……」

「年齢なんて関係ないよ！」

「いや、大いに関係あると思うが」

「とにかく、今日は一緒に高校生の頃に戻ったみたいに遊ぼう！」

そうしたほうが愛姉ちゃんにお金を使わないでもらえると思うし。

「ふむ、そうか……それもいいかもしれないが、具体的には何をするんだ？」

「じゃあゲーセン行こうよ！　高校生なら誰でも行ったことがあるはずの、ゲーセン！」

「そ、そうなのか？」

さすがに誰でも行ったことはあるは言い過ぎか。

だけど高校生でも大人でも楽しめるゲームがいっぱいある。

「行こ、愛姉ちゃん！」

「あっ……」

僕は愛姉ちゃんと一緒にゲームができると思って、楽しみで早く行きたい気持ちで愛姉ちゃんを急かす。

ゲームセンターは……ここの最上階にあるみたいだ、地下の駐車場からはちょっと遠い。

とても楽しみだ、まず愛姉ちゃんと一緒に何やろうかな。

最初は音ゲーかな？　一緒にできるのもあるし、初心者でもやりやすいはずだ。

あとは……。

「れ、零《れい》！」

「ん？　どうしたの？」

愛姉ちゃんに呼びかけられ、僕は立ち止まり後ろを向く。

なんだか愛姉ちゃんは顔を赤らめて恥ずかしそうにしているけど。

「そ、その、別に手を繋《つな》がなくても、私はちゃんとついていくぞ……？」

「えっ？　あっ……！」

そう言われて気づいたけど、さっき愛姉ちゃんを急かす時にテンションが上がって手を繋いでしまっていた。

「あ、ご、ごめんなさい！」

「あっ……」

僕も顔が熱くなってることを自覚しながら、慌《あわ》てて愛姉ちゃんと繋いでいた手を離す。

やってしまった……!

愛姉ちゃんが気持ち悪がっていたらどうしよう……。

「ご、ごめん、愛姉ちゃん……」

「い、いや、大丈夫だ」

愛姉ちゃんは顔を赤くして、僕が握ってしまった左手を胸のあたりに持ってきて、もじもじしている。

な、なんか可愛らしいけど……これがどういう反応なのか、僕にはわからない。

怒っていたり気持ち悪がられてる、ということではない……と思いたい。

なんだか気まずい雰囲気になってしまった。

「じゃ、じゃあ、ゲーセンに行こっか」

僕がそう言って歩き出そうとしたら、後ろから引き止められるように手を握られた。

「えっ?」

驚いて後ろを振り返ると、愛姉ちゃんがまだ少し赤い顔で、さっきと同じように僕の手を握っていた。

「べ、別に、離せとは言ってないだろ?」

「え、だ、だけど、その……」

「私と手を繋《つな》ぐのは、嫌か？」

後ろにいた愛姉ちゃんが、僕の隣に立ってそう聞いてきた。

「そ、そんなわけないよ！」

嫌なわけがない、という気持ちで即答した。

「そ、それなら繋いだままでも、いいだろう？」

「う、うん、愛姉ちゃんがいいなら……」

僕がそう返事をすると、隣にいる愛姉ちゃんが僕の手を少し強く握ってくる。

さっきはテンションが上がっていたから手を握っている感覚があまりなく、気づいた時にはすぐに離してしまった、愛姉ちゃんの手。

とても柔らかく、僕よりも少し身長が高い愛姉ちゃんだけど、手は僕のほうが大きいみたいで、ちっちゃくて可愛らしい。

やっぱり愛姉ちゃんも女性、女の子なんだと思ってしまう。

「ふふっ、昔もこうして手を繋いでいたから、懐かしいな」

愛姉ちゃんは隣でそう呟《つぶや》いた。

手を繋いだことによって、服屋を見て回っていた時よりもだいぶ近い距離感にいる。

懐かしそうに笑った愛姉ちゃんの横顔に、ドキッとしながらも僕は平静を装って話す。

「そ、そう？　はっきりとは覚えてないけど……」

「ああ、近所の公園に遊びに行く時、手を繋《つな》いでいたな。とても可愛らしかったぞ」

「お、覚えてないけど、ちょっと恥ずかしいな」

それになんとなくその光景が思い浮かんでしまうから、余計に恥ずかしい。

「さすがに大きくなったな、零《れい》。身長もほとんど同じで、手は私よりも大きくなってしまった」

そう言いながら愛姉ちゃんが確かめるように、僕の手をにぎにぎしてくる。

柔らかい愛姉ちゃんの手が僕にも伝わってきて、余計にドキドキしてしまう。

「も、もう高校二年生だしね。だけど身長はまだ伸びてるから、もう少しで抜かすと思うよ」

「ふふっ、そうか。嬉《うれ》しいような、寂しいような、複雑な気持ちだな」

愛姉ちゃんはそう言って微笑《ほほえ》んだ。

や、やっぱりこの距離で見る愛姉ちゃんの横顔は、綺麗《きれい》すぎてドキっとする。

一緒に暮らし始めて慣れたと思っていたけど、やっぱり愛姉ちゃんは美人だ。

「ん？　どうしたんだ？」

「い、いや！　なんでもないよ！」

愛姉ちゃんの横顔に見惚《みと》れてしまっていて、慌《あわ》てて誤魔化《ごまか》すように前を向いて歩き出す。

そして僕たちは手を繋いだまま、ショッピングモールに戻ってゲームセンターへと向かった。

◇◇◇

零と手を繋いでから、愛音《あいね》の気持ちはずっと複雑である。

零に言った通り、昔のことを思い出して懐かしく思いながら、嬉しい気持ちと寂しい気持ちもある。

しかし愛音の今の心の大部分を占めているのは、羞恥《しゅうち》という感情だろう。

（れ、零くんと手を繋いでいる……！）

まさかいきなり零のほうから手を繋いでくるとは思わず、その時はとても驚いた。

しかし離れたら離れたで寂しく思ってしまい、次は自分から繋いでしまった。

その時が恥ずかしさのピークだったが、ゲームセンターへ向かっている今も、まだじわじわとした恥ずかしさがある。

（零くん、手を繋ぐの嫌がってないか……？）

そう思ってチラッと隣にいる零のほうを見る。

身長はそこまで変わらないが、目線を合わせるためには少しだけ愛音は視線を下げる。

零は前を向いて歩いているので目が合うことはなかったが、整った横顔と少し赤くなった頬《ほお》が見えた。

（顔が赤いけど、零くんも恥ずかしいのか？　だけどそれは、どういう恥ずかしさなのか……）

姉である愛音と手を繋いでいることが、子供っぽくて恥ずかしいと思っているのか。

それとも、女性である愛音《あいね》と手を繋《つな》ぎ、ドキドキして恥ずかしがっているのか。

（後者だったら、とても嬉《うれ》しいが……）

それを聞くのはまだ早い、というよりも、愛音にそこまでの勇気がなかった。

だけどさっきの反応などを見る限り、後者の可能性が高いかもしれない、と愛音は少し期待していた。

愛音と零《れい》が手を繋いで歩いていると、さっきよりも周りの目が気になってしまう。

チラッと目に入るのは、すれ違う男女のカップル。

あのカップルは見た目では年頃が同じくらいで、せいぜい離れていても五歳前後だろう。

しかし自分たちは、十歳も年が離れている。

（やはり私と零じゃ、カップルや夫婦になるには年が離れすぎてしまっているかもしれないな）

世の中を見渡せば、もっと年が離れたカップル、夫婦などいるだろう。

芸能人でも二十歳差で結婚、などという話も聞くのだから、世間ではもっと大勢いるのかもしれない。

ただ、それでも考えてしまう。

零はまだ高校二年生、周りには同じ年頃の女の子がいっぱいいる。

しかも零は顔立ちも整っていて、性格もとても真っすぐで良い子だから、彼女をつくろうと思えばすぐつくれるだろう。

麻里恵《まりえ》は前に「零君と結婚しないんすか？」とか言っていたが……。

（やはり私は、零の邪魔をしたくないな）

自分が「零と結婚したい」なんて言えば、零は心を乱してしまうだろう。

しかも今、自分たちは一緒に住んでいるのだからなおさらだ。

今後、零に好きになった女の子ができて、その子と付き合おうとした時に、愛音が余計なことを言うと邪魔してしまうかもしれない。

そんなことは絶対にあってはならない。

だから愛音が自分から零に告白、ましてや求婚することなど——。

（ありえないだろうな）

愛音はそう思って少し寂しそうに笑い、零の手を握る力をちょっと強くした。

「ど、どうしたの、愛姉ちゃん？」

「……いや、意外とゴツゴツした男の手だな、と思ってな」

そう、男の手だ。

十年前に手を繋いだ、まだ自分の腰くらいの身長しかなかった頃の零の手ではない。

自分よりも大きい、ちょっと男らしいと思ってしまうような男の手だ。

それが寂しくもあり嬉しくもあり、ドキッとしてしまう部分だった。

「そ、そりゃ、僕も男だし」

「ふっ、そうだな、零《れい》もすっかり成長したな」

「……なんか愛姉ちゃんって、僕を子供扱いすることが多いよね」

零は気恥ずかしそうに、だけど少し拗《す》ねたようにそう言った。

それを見て思わず(可愛いな)と思いながら笑ってしまう。

「ふふっ、そうか？　そんなことはないと思うが」

「今日も僕を甘やかしてるよ、いっぱい服も買ってさ」

「あれは私が零にいっぱい服を着てもらいたかったからな」

「それが甘やかしてるって言ってるの！」

「そんなつもりはないが、まあ姉だから頼ってほしいとは思ってるぞ」

「もちろん頼りにはしてるけど、なんかすごい甘やかされてる気がする……」

ちょっと不満げに頬《ほお》を膨らませる零。

そういうところが可愛くて甘やかしてしまうところだ、と思ってしまう愛音《あいね》だった。

「ゲーセンに着いたら、僕が全部エスコートするからね。子供じゃなくて、男らしくリードすることもできるんだから！」

「ふふっ、それはとても楽しみだ」

(私が零を子供扱いするのは、もしかしたら……男と見ないようにするため、なのかもしれないな)

心のうちでそう思いながら、愛音は零と手を繫《つな》いでゲーセンへと向かった。

まず愛音が驚いたのは、音だ。

ゲーセンの入り口に近づくにつれ、音がどんどんと大きくなっていく。

中に入ると胸を直接叩《たた》かれて揺らされているのではないか、というほど響いている音に驚かされた。

「愛姉ちゃん、大丈夫？」

「あ、ああ、ちょっと驚いただけだ。なかなかだな」

零は慣れてる様子で、ゲーセンによく来ていることがわかる。

「昔はここまでうるさくなかったイメージなのだが」

「ここ最近は音ゲーの台が多くなってきたからね」

「お、音ゲー？」

「やってみる？　簡単なやつも多いし、愛姉ちゃんでもできると思うよ。ちょっとうるさい方向に行くことになるけど」

「だ、大丈夫だ、少し慣れてきたからな」

我慢できないほどうるさいわけではないから、零に連れられて一番音が鳴っているところへと向かう。

そこにはいろんなサイズの機械が置いてあり、様々なゲームがあった。

「ど、どれも一緒のやつなのか？」

「いや、形が同じやつは一緒だけど、形が違うやつは違うゲームだよ。うーん、これが一番簡単かな？」

零《れい》が一つの機械の前に立って、愛音《あいね》もその横に立つ。

「曲に合わせてこの画面に出てくる丸いやつを押したり、なぞったりするゲームなんだけど。最初は一番簡単なレベルで試そっか」

「そうだな……どうやって始まるんだ？」

「あっ、ここに百円玉を入れて」

ここで愛音がゲームをやるので、零と手を離した。

離す時は少し名残《なごり》惜しかったが、すぐにそれどころではなくなる。

お金を入れて画面を押すと、すぐに曲が流れて丸いものが画面外から流れてきた。

「こ、これを押すのか？」

「あっ、違くて、この丸いやつがここにきたらタイミングよく押すやつで……」

「え、えっ……？」

いきなり始めてしまったからよくわからず、軽く混乱する愛音。

最初の数十秒、訳もわからず一個も丸いものを押すことはできず……。

「愛姉ちゃん、手貸して」

「あっ……」

零が横から愛音の手を掴《つか》み、一緒になってタイミングよく押してくれた。

「ここで、こう。また丸いのが来たから、タイミングよく、押す」

画面を見ながら零が愛音の手を操って押してくれているのだが、愛音はゲームに集中できていなかった。

（れ、零の手が、私の手を包んで……！）

零はゲームに集中してるから、全く恥ずかしがっていない。

だから愛音だけが意識をしてしまっていた。

（い、いけない、私は零よりも十歳も年上なのだ。こんなことで恥ずかしがっては……！）

心の中で自分にそう言い聞かせるのだが、意識するなと思うほど意識してしまうものだ。

一曲分のゲームが終わるまで、愛音は全くゲーム自体を楽しめていなかった。

「これで終わっちゃったけど……愛姉ちゃん、大丈夫？」

「えっ、あ……い、いや、最初だから、難しかったな」

「違うゲームにしよっか？」

「いや、大丈夫だ、もう一回やってもいいか？」

「うん、もちろん。一回お金入れたら、二回遊べるゲームだからね」

「おお、そうなのか。太っ腹だな、このゲームは」

「あはは……」

一回の買い物で零《れい》に三十着くらい爆買いをした愛音《あいね》が言うセリフではないだろう。

ゲームのほうはもう一度やると、遊び方を理解したから結構簡単にできた。

素人《しろうと》の愛音でも簡単に出来るように調整された難易度なのだろう。

「クリアだよ、愛姉ちゃん」

「ふむ、意外とできるものだな。もう少し難しくてもいけそうだ」

「じゃあ次は難しくして、一緒にやろっか」

「一緒にできるのか？」

「うん、画面を二分割して、左側を愛姉ちゃん、右側を僕がやるんだよ」

「ほう、そんな遊び方もあるのか」

またお金を入れて、ゲームスタート。

今度は完全に二人横に並び、一緒にゲームをやっていく。

「むっ、い、いきなり速くなったな」

「ふふっ、一番難しいやつにしちゃった」

「な、何？　だからこんなに、速いのか、っと、速すぎないか⁉」

「あはは、愛姉ちゃん頑張って」

さすがに一回しかやっていない愛音が、最高難易度のスピードについていくのは難しかった。

しかし隣で同じ速度で出てくる丸いものを、零は高速でタップし続け一つも失敗がない。

「す、すごいな。零の指が目で追えないぞ」

「慣れてるからね。ほら、愛姉ちゃん、まだまだ来るよ」

「くっ……い、今のは完璧《かんぺき》だっただろ!?　なんでミスなんだ!?」

ムキになってゲーム機に向かって文句を言う愛音。

それを横で少しよそ見をしながらでも完璧にゲームをこなし、笑っている零。

一曲分のゲームが終わり結果が出ると、惜しくも失敗だった。

零のほうでは完璧だったのだが、やはり愛音がミスしすぎてクリアできなかったようだ。

「むぅ、零、もう一回だ！　次こそクリアしてやる！」

画面に大きく「しっぱーい」という文字が煽《あお》るように出てくるのを見て、愛音はイラだったようにしながら次のゲームに意気込む。

「ふふっ、そうだね。コツは丸いやつのスピードが速いから、タップする場所に来る前に早めに押しとくイメージだよ」

「むっ、わかった。よし、次こそ……！」

そしてまた零と愛音は協力してゲームをし始める。

さっきよりも上手《うま》くできている愛音、さっきと同様に完璧な零。

愛音《あいね》は苦戦しつつも、なんとか最後までやりきり、ついにクリアした。

「や、やったぞ！　零《れい》、クリアだ！」

「うん、やったね、愛姉ちゃん」

クリアして喜ぶ愛音に、零も一緒になって笑みを浮かべて喜ぶ。

興奮していた愛音だが、そこでハッとして顔を赤らめる。

（い、いけない、零の姉であり年齢が十歳も上である私が、ゲーム一つでこんなにもムキになって喜んでは……！）

恥ずかしさが込み上げてきて、誤魔化《ごまか》すように咳払《せきばら》いをする。

「な、なかなか面白いゲームだな。音ゲーというものは」

「愛姉ちゃんが気に入ってくれてよかったよ。僕も好きだから、また今度一緒にやろうね」

「っ……ああ、そうだな」

愛音がみっともない姿を見せてしまった、と思っていたのだが、零はそんなことを全く思っていない様子だ。

いや、実際に全く思っていないのだろう。

愛音が知る零は、そんなことで愛音をみっともないなんて思うほど心が狭い人間ではない。

零は笑みを浮かべて、愛音と一緒に遊べたことを嬉《うれ》しがってくれていた。

一緒に楽しめているというのが、愛音もとても嬉しかった。

「愛姉ちゃん、次はあれやらない？　シューティングゲームっていうやつなんだけど」

零が指差すのは車のような形をしたもので、入り口がカーテンで仕切られていて、中に入ってするものらしい。

中に入ると二人並んで座れるくらいの椅子《いす》があり、目の前には大きな画面がある。

画面と椅子の間には、何やら銃のようなものが置いてあった。

「二人でこの銃を持って、次々出てくる敵を撃っていくゲームだよ」

「ほう、なかなかスリリングなゲームだな」

「うん、どんどん出てくるから、バンバン撃っていっていいからね」

愛音が左側に座り、零が右側に座り、二人とも銃を持ちゲームスタート。

画面に軽くストーリーのようなものが流れてから、すぐにゾンビみたいな敵が出てくる。

それを愛音と零が協力してどんどん撃っていく。

「お、おお、なかなか爽快なゲームだ」

「ふふっ、そうだよね。だけど敵も多くなって強くなるから、気をつけてね」

零がそう言うと同時に、敵がどんどん多くなってきて、愛音のほうを攻撃してくる。

「わ、わっ、お、多すぎる……！」

愛音が慌《あわ》てて適当に撃っても敵の数が多いので当たるが、順番を考えて撃たないと愛音に近づいた敵が攻撃を……。

「あ、危ないよ」

仕掛けようとしたところ、零《れい》が愛音《あいね》の目の前にいる敵を倒す。

その後、愛音のほうを零がカバーしながら、どうにかステージクリアとなった。

「す、すごいな、零。私のほうの敵も撃って」

「何回もやってるから、敵が出てくるタイミングとかもなんとなく把握してるから」

「なるほど、そういう攻略の仕方があるのだな。ゲームはこれで終わりか？」

「いや、まだ第一ステージだから。あと五ステージくらいはあるよ」

「そ、そんなにあるのか？　零は全部クリアしたことあるのか？」

「一人用のやつだったらあるけど、二人用はないなぁ。一緒にやると敵も多くなって、難しくなっちゃうから」

「そうなのか。じゃあ、今日は二人用でクリアするまでやるか」

「えっ、だけど愛姉ちゃんは初心者だから難しいと思うよ？　負けちゃったらお金を入れればまた同じところからスタートできるけど……」

「ふっ、それなら余裕だな。お金で殴り合うのは得意だ」

「あ、あはは……ほどほどにね」

その後、全部のステージをクリアするまでに愛音は十回ほどやられてしまったが、そのたびにお金の力で生き返っていた。

零は愛音がやられている間に二人分の敵を一人で倒さないといけない時間があったので、さすがに無傷ではなかったが、一回もやられることはなかった。

「とても面白かったな。ゲームとは本当にいろんなものがあって楽しいな」

「ふふっ、よかった。愛姉ちゃんも最後のほうは上手《うま》くなってたしね」

「零が教えてくれたお陰だ。零は一回もやられずに、本当に上手いのだな」

「慣れが大きいけどね。愛姉ちゃんも練習すればあのくらいできるよ」

「そ、そうか？　零が何をやってるのか、最後までよくわからなかったが……」

そんなことを話していたが、愛音はやはり少しだけ気恥ずかしかった。

いい大人である自分が、ここまでゲームに本気になってしまったということが、こそばゆい感じがする。

それが態度に出たのか、零が不思議そうに聞いてくる。

「愛姉ちゃん、どうしたの？　ゲームに疲れた？」

「いや、多少は疲れたが大丈夫だ。その……年甲斐《としがい》もなく、はしゃいでしまったと思ってな」

「えっ？　それがいけないの？」

「いや、いけないというわけじゃないが……いい大人が、恥ずかしいだろ？」

愛音が苦笑しながらそう言うと、零は「うーん」と顎《あご》に手を当てて考える。

「別に大人でも楽しいものは楽しいでいいんじゃないかな？」

「それはそうかもしれないが……」

「それに高校生の頃に戻って遊ぼうってさっき言ったから、それなら全然大丈夫じゃない？」

「っ、そうか……高校生に戻ったなら、これくらいは普通か」

「うん、そうだよ！　僕は愛姉ちゃんと一緒にはしゃげて、すごく楽しかったしね！」

零《れい》が無邪気にそう笑って言うので、愛音《あいね》も思わず口角が上がってしまう。

やっぱり零なら、愛音がどれだけ子供のようにはしゃいでも、一緒になって遊んでくれるだろう。

零と一緒にいると、年齢なんて全く気にせずに過ごせた。

それこそ零と同い年で、高校生に戻った頃みたいに遊んでしまっていた。

これが他の人だったら、絶対に無理だっただろう。

たとえ零と同じように「年齢なんて気にしないで遊ぼう」と言われても、愛音はここまではしゃいで遊ぶことはなかったはずだ。

零だからこそ、愛音は外聞を気にせず、一緒に楽しく遊ぶことができた。

やはり愛音にとって、零は特別なのだ。

それは家族としてなのか、男性としてなのかは……。

（いや、それ以上考えるのはやめておこう。とにかく、私にとって零くんが、何よりも大切な存在なのは、間違いないのだから）

「愛姉ちゃん、次は何する？」

「ふふっ、そうだな。また新しいものをやってみたいな」

「あ、じゃあさ、次は――」

零は愛音の手を引いて、次のゲーム機の場所へ移動する。

隣で笑っている零、その笑みを見るだけで愛音も幸せな気持ちになる。

（やっぱり……零じゃなきゃ、ダメだろうなぁ）

そんなことを思いながら、零と一緒にゲーセンを楽しんだ愛音だった。

◇◇◇

ゲーセンで思う存分に遊んだ僕と愛姉ちゃん。

気づいたら、もう夕方くらいになっていた。

思った以上にゲーセンで時間を使ってしまった。

愛姉ちゃんは意外とゲームにハマりやすいタイプなのか、結構本気でやっていて、楽しんでくれていた。

特に最後のほうでやった、クレーンゲームはいろいろと大変だった。

目についたから軽くやる感じで始めたのに、気がつけば数千円も使うほどやっていた。

愛姉ちゃんはだいたいのゲームで結構センスがあってすぐに上手《うま》くなっていたのに、なぜかクレーンゲームだけはセンスがないみたいで、全然取れなかったのだ。

僕もだいたいのゲームはできるんだけど、クレーンゲームだけは苦手意識があって、代わりにやってもなかなか上手くいかなかった。

僕もできないからなのか、より一層やる気になっちゃった愛姉ちゃん。

一時間くらいはやっていたかもしれない。

最終的に僕たちの力だけじゃ取れず、店員さんに少し取りやすい場所に商品を移動してもらい、なんとかゲットすることができた。

ようやく取れて満面の笑みを浮かべて、大きなぬいぐるみを抱えた愛姉ちゃん。

可愛いと思ったんだけど、今までのドキッとした可愛さというよりは、子供を見守る時のような「可愛いね、よかったね」といった可愛さだった気がする。

まあそれはそれで新鮮な可愛さだったので、見られてよかった。

だけど愛姉ちゃんはぬいぐるみを抱きしめて笑みを浮かべた次の瞬間に、今日一番の真っ赤な顔をしていた。

「み、見ないでくれ……！」

恥ずかしさでぬいぐるみで顔を僕から見えないようにした愛姉ちゃん。

その仕草が可愛くて、今日一番ドキッとしたのは内緒だ。

そしてクレーンゲームを終えると、僕たちは帰ることになった。

愛姉ちゃんはさっき取った大きなクマのぬいぐるみを抱えている。

「零《れい》、ほ、本当にいらないか？　このぬいぐるみ」

「うん、愛姉ちゃんが欲しいから取ったんでしょ？」

「い、いや、そんなことは……」

愛姉ちゃんは恥ずかしそうに言い淀《よど》んでいる。

多分、本当はそこまで本気で欲しがってはいなかったのだろう。

これを取ろうと決めた時も、一番難しそうなのはどれか、といった感じで選んでいたから。

だけど取ると決めたのは愛姉ちゃんで、頑張って取ったのも愛姉ちゃんだ。

小さい子供くらいの大きさだから、すれ違う人のほとんどが愛姉ちゃんをチラ見していた。

それが恥ずかしいのだろう、愛姉ちゃんは気まずそうに頰《ほお》を染めていた。

そんな姿がまた新鮮で可愛いから、ずっと愛姉ちゃんに持ってもらっていた。

だけどそろそろ僕が持ってあげたほうがいいかな、ちょっと重そうだし。

「愛姉ちゃん、それ、僕が持とうか？」

「っ、あ、ああ、お願いしていいか？」

「うん」

クマのぬいぐるみを代わりに持つと、やっぱりちょっと重かった。

「ありがとう。そ、そのまま零《れい》のものにしていいんだぞ？」

「いや、愛姉ちゃんが頑張って取ったんだから、愛姉ちゃんの部屋に置こうよ」

「えっ、わ、私の部屋にか？　とてもじゃないが、似合わなくないか？」

「ふふっ、可愛いと思うよ」

「むぅ……小馬鹿にしてないか？」

「してないしてない」

僕が笑ってそう言うと、愛姉ちゃんは少し不満げに眉《まゆ》をひそめていた。

少し意地悪しすぎたかな？

だけど愛姉ちゃんの可愛らしいところが見られて、僕は嬉《うれ》しかった。

今日のデートは、本当に楽しいものとなった……と思っていたけど。

まだデートは終わっていなかったことを思い出した。

僕がショッピングモールの出口に向かおうとしたら、愛姉ちゃんに呼び止められた。

「零、私たちが行くのはそっちじゃないぞ？」

「えっ？　だけど、もう帰るんじゃ……」

「そうだ。だけど、帰る方法が違うぞ？」

愛姉ちゃんはそう言って、ポケットから何かを取り出した。

それはパソコンのマウスみたいなもので、だけど少し違う何か。

「何それ？」

「ふっ、キーだ」

「キー？　……あっ！　車！」

「そうだ」

愛姉ちゃんがニッと笑って、車のキーを持って踵《きびす》を返す。

そうだ、忘れてた。愛姉ちゃんは高級車でここまで来たんだった。

「最後に、ドライブデートへ行こうか、零」

「う、うん……！」

そう言って誘ってくる愛姉ちゃんは、やっぱりカッコいい大人の女性って感じだった。


駐車場に行き愛姉ちゃんの車に着き、まずクマのぬいぐるみを後部座席に置いた。

そして僕は助手席に乗り込もうとしたんだけど……。

「零、こっちじゃない、あっちだ」

「えっ？　あっ……！」

この車、左ハンドルだ。

な、なんか左ハンドルというだけで、さらにすごい高級車な気がするのは、僕だけだろうか？

僕は車の右側に移動して、助手席に乗り込んだ。

中は黒と白が基調の配色になっていて、シートもとても高級感が溢《あふ》れていて……本当に僕みたいな若輩者《じゃくはいもの》が乗っていいのかわからない。

「ほ、本当にすごいね……！」

左側にいる愛姉ちゃんのほうを見て、少し興奮しながら言う。

愛姉ちゃんは嬉《うれ》しそうに口角を上げている。

「そうか、私もこの車はお気に入りでな。零《れい》も気に入ってもらえたならよかったよ」

「う、うん……」

さっきまでは可愛い愛姉ちゃんだったから、カッコいい愛姉ちゃんを見るといつもよりもドキドキしてしまう。

「シートベルトは締めたか？」

「うん」

「じゃあ、行くか」

そして僕と愛姉ちゃんは、高級外車でショッピングモールを出た。

もう日はほとんど暮れていて、真っ暗ではないけど街灯が点いているくらいだ。

車の中には少しの明かりしかついていない。

だから街灯の下を車が高速で通り過ぎるたびに、車の中に光が一瞬差し込んで、次の瞬間には暗くなってしまう。

左にいる愛姉ちゃんの顔を見ると、暗闇の中、とても綺麗《きれい》な横顔が見えて……それが街灯の明かりで一瞬だけくっきり見え、そしてまた少し見えなくなる。

その連続なんだけど、なんだかそれがとても綺麗で、幻想的でもあって、ずっと眺めていても飽きない。

いつもよりも真剣な表情だから、より一層カッコよく見えてしまう。

「……零、そんなに私の横顔は面白いか?」

「えっ、あ、いや……」

さすがにずっと見ていたらバレてしまったようで、愛姉ちゃんは真っすぐに前を見ながらそう言った。

「ご、ごめん、愛姉ちゃんが運転してるところ見るの初めてだから」

「そうだな、どうだ、私の運転は？　乗り心地はいいか？」

「もちろん、すごい気持ちいいよ。ずっと乗ってたいくらい」

「ふふっ、それはよかった。少し遠回りして家に帰るか」

「うん」

ようやく愛姉ちゃんの運転する姿にも慣れて、僕も前を見ながら会話する。

……時々チラッと横顔を見てしまうのは内緒だ。

「今日のデート、すごい楽しかったね」

「デ……！　そ、そうだな、デート、楽しかったな」

なぜか愛姉ちゃんが一瞬言葉を詰まらせたけど、話を続ける。

「愛姉ちゃんが意外とゲーム好きなのは驚いたよ」

「そうだな、私も初めてゲームをやったが、とても面白かったな」

「クレーンゲームもすごいハマってたもんね」

「あ、あれは忘れてくれ」

愛姉ちゃんが取ったクマのぬいぐるみは、後ろの座席で静かに座っている。もちろん動きはしないんだけど。

「しかし、今までゲームには縁がなかったから事業としてやってこなかったが、あそこまで面白いのだな。これなら着手してもいいかもな」

「あ、あはは、そっか」

なんかいきなり規模が大きくなってしまった。

そういえばゲーセンにいた時は完全に忘れていたけど、愛姉ちゃんは社長だった。

「やっぱり愛姉ちゃんって社長なんだね」

「なんだ、信じていなかったのか？」

「もちろん信じてたけど、なんだか実感がなくて」

愛姉ちゃんは家に仕事のことを持って帰ってこないし、今日みたいに一緒に遊んでいると社長だということを忘れてしまう。

だけど住んでるところは超高級マンションの最上階だし、今日のデートも服をめっちゃ買ってもらったし、こんな高級外車にも乗ってるし。

「社長ってすごいなぁ、何をやってるか想像できないよ」

「別に普通の会社員と変わらんぞ。ちょっとやることが多く、責任が大きいだけだ」

「い、いや、どっちも経験したことない僕には全くわからないけどさ」

その「ちょっと」というのがどれくらいなのか、僕には理解できなさそうだ。

社長かぁ……なんか大企業の社長と聞くと、いろいろと豪遊をしていそうなイメージだけど、愛姉ちゃんはしてないだろうし。

だけど凡人じゃ経験できないことはしてそうだよね。

例えば……。

「愛姉ちゃん、リムジンって乗ったことある？」

「いきなり何の質問だ？」

「いや、社長ってなんかリムジン乗ってるイメージじゃない？」

「どんなイメージなんだそれは」

なんとなく漫画とかアニメのイメージだと、悪い社長がリムジンの後部座席で「ふははははっ！」とか言ってワイン片手に飲んでるイメージ……すごい極端だけど。

「乗ったことある？」

「……一回だけあるな、一応」

「やっぱり」

「多分、零《れい》が想像しているイメージではないと思うぞ」

そうなのかな？

まあ愛姉ちゃんがワイン片手にリムジン乗り回してるイメージはないし、ワイン飲んでるところも見たことないし。

「だけどすごいなぁ。リムジンなんて実際に見たこともないし、もちろん乗ったこともないから」

「別に必要はないと思うが」

「だけど一生に一度は乗ってみたいと思うけどなぁ」

なんかカッコいいしね、リムジンって。

「……そうか」

愛姉ちゃんは考え事をしているのか、静かにそう返事をした。

あっ、もしかして、子供っぽいって思われちゃったかな？

だけど一生に一回はリムジン乗ってみたいと思うのは本当だし、中がどうなってるのかも気になる。

　ワイングラスとか置いてあるのかなぁ？

「愛姉ちゃんって、お酒は何を飲むの？」

「酒か？　ふむ、結構いろいろと飲むが、ワインと日本酒が多いな」

「そうなんだ。家ではあまり飲まないよね」

「そう、だな……その、前に飲み過ぎて、雫に迷惑をかけてしまったからな」

「あっ……そ、そっか」

そ、そういえば、一週間前に愛姉ちゃんが酔っ払って帰ってきたんだった。

その時は、いろいろと大変で……愛姉ちゃんの下着姿を見ちゃったり……！

思い出してしまい、顔が真っ赤になってきて喋《しゃべ》れなくなってしまう。

暗いからあまりわからないが、愛姉ちゃんも街灯が当たると頰《ほお》が赤くなっているのが見えた。

ワイングラスから思いついてお酒の話題にしたんだけど、お酒はあまり話題にしないほうがお互いのためかもしれない。

　だけど……。

「その、愛姉ちゃんがお酒を飲むのが好きなら、別に飲んでもいいと思うよ。この前も、別に僕はそこまで迷惑じゃなかったし、愛姉ちゃんもああいう一面があるんだって知って、むしろ嬉《うれ》しかったし」

僕のためにお酒を我慢して欲しくはないから、これだけは言っておきたかった。

「そ、そうか？　それなら、また付き合い程度は飲んでくるかもしれない」

「う、うん、身体《からだ》に気をつけて、飲み過ぎないようにね」

「あ、ああ、わかっている」

と、とりあえずお酒の話題はこれで終わりにしよう、うん。

あっ、だけど食事といえば……。

「愛姉ちゃん、今日の夕飯なんだけど、もう家に食材がないと思うからスーパーに寄りたいな」

「ふむ、わかった」

愛姉ちゃんは信号で車が止まっている間に、スーパーの場所を調べてカーナビに入れた。

「よし、これでいいだろう」

「ありがとう。今日は土曜日だけど、僕が作る？」

土日は愛姉ちゃんが作ってくれるという約束だったけど。

「えっ、あ……そ、そうだったな」

愛姉ちゃんは忘れていたようで、少し焦った様子だった。

「僕が作ろうか？　愛姉ちゃんの料理には及ばないけど、頑張って作るよ」

「うっ……そ、その、零《れい》、ちょっと料理について話があるんだが……」

「いや、その……ス、スーパーに着いたら話す。運転しながらだとちょっとな」

「ん？　なに？」

「そう？　わかった」

何を話すんだろう？

料理について話すって……はっ、もしかして、料理が上手《うま》くなるコツでも教えてくれるのかな？

多分そうだ、だから集中して教えたいから、運転中には教えられないんだ。

楽しみだなぁ、もっと料理上手くなって、愛姉ちゃんに喜んでもらいたいなぁ。

◇◇◇

スーパーに着き、駐車場に車を停《と》めている間、愛音《あいね》はとても緊張していた。

いつもは簡単にできる作業だったが、少し手間取ってしまうくらいに。

しかしもう黙っていることはできないだろう。

車の中で、零に全部話す……愛音が、全く料理ができないことを。

「……えっ？」

愛音が「私は、料理ができないんだ」と絞り出すような声で伝えると、零は目を丸くした。

「え、だって、前に作ってくれた時は、すごく美味《おい》しかったよ？」

「あ、あれはその、高級料理店の宅配を頼んで……私が作ったものじゃない」

「えっ、そうだったの!?」

零《れい》はさすがに驚いたようで、大きな声を上げた。

「確かに形とかとても綺麗《きれい》で、レストランとかで出されるような付け合わせもあったけど……」

「……すまない。零にいいところを見せようとして、嘘《うそ》をついてしまった」

正直に話して、愛音《あいね》はスッキリしたのだが……零の反応が怖《こわ》くて、目線を逸《そ》らしてしまう。

やはり見栄ですぐにバレるような嘘をつくんじゃなかった、と後悔しても遅い。

零の反応を待っていると……「ふふっ」という笑い声が聞こえた。

つられて零を見ると、少しニヤニヤした感じで笑っていた。

「愛姉ちゃん、なんか怒られる子供みたいだよ」

「うっ……いや、まあそう見えるのもおかしくはないと思うが」

「僕が怒ると思ってたの？」

「お、怒ってないのか？」

「別に怒るようなことでもないと思うけど」

「じゃ、じゃあ、軽蔑《けいべつ》してないか？」

「えっ、何で？」

「その、いい大人なのに、料理も家事もできないなんて、って……」

愛音が嘘をついた理由は、そこである。

零にガッカリされたくないから、ついつい見栄を張ってしまったのだ。

「するわけないよ！」

だがそんな心配を、零は笑って吹っ飛ばしてくれた。

「逆に愛姉ちゃんにもできないことがあるんだって思って安心したよ」

「そ、そうか？」

「うん、服選びの時もそうだったけどね」

そう言ってイタズラっ子のように笑う零に、（可愛い）と思ってしまうのは仕方ないだろう。

「というか、家事もできないって言ってたけど、洗濯とか掃除は？」

「うっ……どちらも、あまり得意ではないな」

「具体的には？」

「……洗濯は一週間は溜《た》めてるし、掃除は自分の部屋の床がギリギリ見えるくらいだ」

「そ、そうだったんだ。もしかして、だから部屋に入っちゃダメだったの？」

「……すまない」

一週間も一緒に住んでいたのに、逆によくここまで隠し通せたと思うくらいだ。

零がとても純粋で、愛音のことを疑わなかったからだろう。

「そっか、じゃあ帰ったら一緒に家事しよっか」

「そ、そうだな。その、部屋は……下着をしまってからでいいか？」

「う、うん、わかった」

さすがに部屋の掃除を一緒にするとしても、下着を片づけてもらうのは恥ずかしすぎる。

「愛姉ちゃん、料理は全くできないの？」

「そう、だな。学校の家庭科くらいでしか料理はしたことないな」

「じゃあ、今日は一緒に作ってみる？」

「わ、私でもできるか？」

「もちろん、難しいやつはできないかもだけど……じゃあ前に愛姉ちゃんが宅配してくれた、ハンバーグにしよっか。あんなに形がいいものはできないと思うけどね」

「うっ……そ、そうか」

意外とイジってくる零《れい》、だけどイジってくる時のニヤッとした顔が可愛いから、愛音《あいね》としては問題なく、むしろもっとイジってほしいとも思った。

「そろそろスーパー行こっか。帰るのも遅くなっちゃうしね」

「そうだな」

二人は車を降りて、一緒にスーパーへと向かった。

愛音はようやく零に隠していたことを話せたから、肩の荷が下りた気持ちだ。

零も全く気にしていない様子だし、それも安心した。

少し考えれば零が家事ができないくらいで軽蔑《けいべつ》しないことなどわかるのだが、やはり愛音としては「すごい愛姉ちゃん」と思われたかったのだ。

「愛姉ちゃん、玉ねぎは皮に光沢があって乾燥してるやつのほうが新鮮だから美味《おい》しいんだよ」

「ほう、そうなのか。じゃあこっちのほうがいいのか？」

「うん、それがいいかな」

だけど全部話したことによって、こうやってスーパーに一緒に行けた。

料理ができるという嘘《うそ》を言ってた時は、「スーパーに一緒に行ったら絶対にボロが出る」と思って行けなかった。

隠し事をしないほうが、仲良くなれるということを知った。

（これからは隠し事はしないようにしよう……この気持ち以外は、な）

隣で楽しそうに笑う零を見て、自分も頬《ほお》が勝手に緩んでしまう。


そして二人は家に帰り、一緒にキッチンに立ち料理を作った。

やはり愛音は慣れてないので手付きが拙《つたな》かったが、ちゃんとハンバーグを作れた。

高級レストランのハンバーグよりも見た目も出来も悪いはずなのに、こちらのほうが美味しく感じられたのは、きっと気のせいではないだろう。

「美味《おい》しいね、愛姉ちゃん」

「ああ、とても美味しい」

二人は顔を見合わせ笑った。

今日の初デートは愛音《あいね》と零《れい》にとって、とても素晴らしいものとなった。

第３章　愛音の過去

「はぁ……幸せだった」

月曜日、愛音はまた社長室で心の底からの一言を放った。

朝から休みなしに仕事をしていて、ようやく昼休憩として社長室に戻り、愛音は弁当を食べていた。

「何かあったんすか？　まあ、どうせ零君に関してのことだと思うっすけど」

社長の机に同じように弁当を広げて食べている麻里恵《まりえ》。

麻里恵が広げている弁当は、コンビニ弁当ではあるが。

普通の会社なら社長室で、社長と秘書が一緒にご飯を食べるということはほとんどないだろうが、二人は高校からの付き合いなので、よくしてきたことだった。

「わかってるじゃないか。その通りだ。この弁当、今までと違うのがわかるか？」

「別に愛音の弁当を毎回見てるわけじゃないんすけど。だけどいつもより少し下手《へた》な感じするっすね」

「失礼な、これは私が作った弁当だ」

「ああ、だから……えっ？」

愛音《あいね》が作ったということに驚く麻里恵《まりえ》。

今まで料理なんてしているのを見たことがないので、驚くのも無理はない。

「どういう風の吹き回しっすか？　台風でも浴びてきたんすか？」

「ふっふっふ、昨日の夜、零《れい》くんと一緒に作ったのだ！　だからまあちょっと形なんかがいびつなのは否めないが、これは私と零くんの愛の結晶だといっても過言じゃない」

「過言すぎて何も言えないっす」

昨日は日曜日、デートはその前の日の土曜日だった。

「デートはどうだったんすか？　まあその様子なら、悪くはなかったみたいすけど」

「ふっ、悪くないどころではない、最高すぎたな」

それから十分ほど、デートの内容を愛音は嬉々《きき》として話した。

麻里恵は（聞くんじゃなかった）とも思ったが、今まで愛音からプライベートのことをこんなにも楽しそうに語られたことがなかったので、それはそれで新鮮な気持ちで聞いていた。

「零も土曜日のことはデートだと思ってくれていたようで、それも嬉《うれ》しかったな……」

「はぁ、そうっすか。そういえば一緒にお弁当を作ったってことは、家事ができないってことは話したんすか？」

「ああ、話した。やはり変な嘘《うそ》をつく必要はなかったな。最初から全部言っていれば、一緒にこうして料理ができたのだから」

　愛音は弁当の少し崩れてしまっている出汁《だし》巻き卵を取り、一口食べる。

　味は零と一緒に作ったから完璧《かんぺき》、とはまだ言い難いが、ちゃんと美味《おい》しい。

「ならよかったっすね。あと、これから何するんすか？」

　麻里恵は今日の午後の予定をほとんど聞いていない。

　愛音から「午後は有休を取ったからお前も有休を取って付き合ってくれ」と言われていた。

　仕事ではないみたいだが、愛音に付き合わされて何かをするみたいだ。

「ああ、そうだったな」

　愛音は腕時計を見る、時間は十三時ほど。

「麻里恵、運転免許持ってたよな？」

「持ってるっすけど、一体何の話っすか？」

「私じゃ運転できなくてな、麻里恵に運転して欲しいんだ」

「車をっすか？　愛音だって免許持ってるっすよね？」

「ああ、だけど中型免許は持ってなくてな。麻里恵は持ってるだろう？」

「中型免許？　五トントラックくらいのデカさっすよ、それ。何を運転させるつもりっすか？」

　愛音はイタズラっ子のように、ニッと笑った。

「零に、喜んでもらいたいからな」

◇　◇　◇

「零《れい》、デートはどうだったんだ？」

「うぇ⁉」

放課後、竜鬼《りゅうき》くんにそう言われて、僕はビックリして変な声を出してしまった。

「い、いきなりだね」

「そりゃ気になるだろ、零が珍しくめちゃくちゃ緊張してたんだから」

軽く雑談をしながら、荷物をまとめて教室を一緒に出る。

「そ、そっか、そうだよね。竜鬼くんにはいろいろと手伝ってもらったしね」

服も竜鬼くんに選んで買ったからね。

それについてのお礼は、今度しっかり服をお礼としてプレゼントしようと思ってる。

竜鬼くんに伝えても、「別にいらねえよ」って多分言うと思うから、勝手に買って勝手にプレゼントするつもりだ。

「で、どうだったんだ？　楽しかったか？」

「うん、すごく楽しかったよ」

「そうか、それは何よりだ」

「……内容は聞かないの？」

「まあ多少気になるが、他人の惚気《のろけ》を聞く趣味もないなぁ」

「の、惚気って、別に僕と愛姉ちゃんはそんな関係じゃないからね」

学校の廊下でそんなことを話していると、後ろから女の子たちの声が聞こえてきた。

「零くんが他の女子とデートしているのに嫉妬している竜鬼くん、『お前と他の奴《やつ》の話なんて聞きたくねえよ』ってことね……はぁ、尊い」

「それを察して零くんが『あの人とはそんな関係じゃない、僕は君一筋だよ』って言ってるのが、私の耳には聞こえたわぁ……」

よくわからないけど、あの人たちの話を聞くに、竜鬼くんが嫉妬してるってこと？

「竜鬼くん、嫉妬してるの？」

「違う、断じて違うからな。あいつらの妄言《もうげん》には耳を貸すな、零」

「う、うん、わかった」

竜鬼くんが遠い目をしてそう言うので、僕はあの人たちの話を理解しようとするのをやめた。

今日も竜鬼くんはバイトだから一緒に帰れないと思っていたけど、バイトの前に竜鬼くんは幼稚園に妹さんたちを迎えにいくようだ。

だから僕もそれについていき、一緒に竜鬼くんの家に帰って竜鬼くんのお母さんが帰ってくるまで、僕が面倒を見ることになっている。

「零《れい》、俺は多分お袋が帰ってくる前にバイトに出かけるから、一人で妹たちを見てもらうことになるんだが、本当にいいのか？」

「もちろん大丈夫だよ。逆に僕が一人で竜鬼《りゅうき》くんの家にお邪魔してても大丈夫なの？」

「お袋にも話してあるし、お袋も妹たちも零のことは気に入ってるから大丈夫だ」

僕と竜鬼くんは幼稚園に向かっていたんだけど……。

大通りを歩いている最中、路肩に停《と》まっている車を見て驚いた。

「えっ、あれって、リムジン？」

「ああ、そうみたいだな」

なぜかこんな普通の大通りに、リムジンが停まっていた。

真っ白な塗装が美しくて、長い車体がとても目立っている。

「すごいね、初めて見たよ！」

「俺も初めて見たな、現実に乗ってる人がいるんだな」

「どんな人が乗ってるんだろう？」

「さぁ、どっかの社長とかじゃねえの？」

竜鬼くんと僕がリムジンを見ながら通り過ぎようとした時、リムジンのドアが開いた。

そして誰かが出てきた……って、あれ？

「えっ、愛姉ちゃん!?」

「零、おかえり、待っていたぞ」

リムジンから降りてきたのは、愛姉ちゃんだった。

た、確かに竜鬼くんが言った通り、社長だったけど……まさか唯一知っている社長の人だったなんて。

「ど、どうしたの、愛姉ちゃん。リムジンに乗って仕事にでも行くの？」

だけど仕事に行くくらいなら、普通に前に乗せてもらった高級外車でいい気がするんだけど……。

「いや、今日はもう仕事は有休を取っているからな。ここに来たのは単に、零に会いたかったからだ」

「そ、そうなんだ。それで、このリムジンは？」

一番気になっているのはそこだ。

なんで愛姉ちゃんはリムジンに乗っているんだろう？

「零がこの前、リムジンに乗りたいと言っていただろう？」

「う、うん」

「だからこうして、用意したのだ」

愛姉ちゃんは自慢げな笑みを浮かべてそう言った。

ま、まさか僕がデートの日に、「一生に一度、リムジンに乗ってみたいなぁ」と言ったのを、叶えてくれたのかな？

僕が呆然《ぼうぜん》とリムジンを眺めていると、愛姉ちゃんが不思議そうに僕の顔を覗《のぞ》いてくる。

「どうした、零《れい》。もしかして、嬉《うれ》しくないか？」

「い、いや、嬉しいんだけど……ちょっといきなりすぎて、驚きが勝っちゃってる」

いつか乗りたい、というちょっとした夢が、こうもいきなり目の前に現れたから、さすがに混乱してしまった。

「……なぁ、零。いいか？」

「あっ、竜鬼《りゅうき》くん……！」

後ろを振り返ると、竜鬼くんも驚いているような表情で立っていた。

そうだ、僕は竜鬼くんと一緒に帰っていたんだった。

リムジンの衝撃で少し忘れていた。

それにこの後、竜鬼くんと二人の妹さんを迎えに行かないといけないんだ。

「ご、ごめんね、竜鬼くん。妹さんのところに行かないとだもんね」

「ああ、だけど零に予定が入ったなら別に構わないが……」

「いや、大丈夫！　約束したからね！」

確かにリムジンは乗りたいけど、竜鬼くんと約束しているから、それを守らないと。

「ん？　零、もしかして、この後予定があったか？」

「うん。竜鬼くんの妹さんが幼稚園にいるからお迎えをして、それで家で僕が妹さんたちを見てるって約束してるんだ」

「ふむ、そうか。竜鬼くん、と言ったか？」

「はい、初めまして。神長倉《かなくら》竜鬼です」

竜鬼くんが礼儀正しく挨拶《あいさつ》をし、軽くお辞儀をした。

「聞いているかもしれないが、私は零の姉の愛音《あいね》だ。よければ、リムジンに乗って幼稚園に迎えにいかないか？」

「えっ？　このリムジンで、ですか？」

「ああ、どうだろう？」

「いや、俺は別にいいんですが、逆にいいんですか？」

「もちろんだ。高校生なのにお母さんのために幼稚園に迎えにいくなんて、とても素晴らしいじゃないか。なぁ、零」

突然話を振られたけど、僕はすぐに肯定をする。

「うん、そうだね。竜鬼くんって本当に妹思いで、すごいカッコいいんだよ」

「や、やめろ、そういうんじゃねぇよ……わかりました。よろしくお願いします」

「ああ。じゃあ二人とも、乗ってくれ」

愛姉ちゃんがそう言ってリムジンのドアを開いてくれた。

僕が緊張しながらもワクワクして乗り込もうとすると、肩をトントンと叩《たた》かれる。

「なぁ、零《れい》。本当にいいのか？　俺の妹たちを迎えにいくために、わざわざリムジンで移動してもらって。お前の姉さん、大企業の社長だろ？」

「うん、大丈夫だと思うよ。愛姉ちゃんから提案したんだろうし、それに竜鬼《りゅうき》くんもリムジン乗ってみたくない？」

「……いや、別に」

「えっ、嘘《うそ》」

まさかリムジンに一生に一度は乗ってみたい、と思ってるのは僕だけ？

「だけど、妹たちはこれで迎えにいったら喜ぶかもしれないな」

「そ、そうだよね、うん」

だよね、僕だけじゃないよね、妹さんも……。

あれ、妹さんって五歳くらいじゃなかった？

僕、五歳児と同じ思考……？

い、いや、違う違う。

僕は夢を持っているってだけだよ、うん。

「……それと、本当にお前の姉さんなんだよな？」

「うん、血は繋《つな》がってないけど」

「……そうか、まあ、わかった」

竜鬼くんは何やら納得していなさそうな雰囲気だけど、どうしたんだろう？

「じゃあ竜鬼くん、乗ろっか」

「……ああ」


リムジンの中は、普通の車とは全然違うものだった。

一番後ろには椅子《いす》が二つあるんだけど、その二つはそれぞれ運転席や助手席のように独立している椅子で、しかもリクライニングみたいなとても豪華な感じだ。

それ以外には窓に背を向ける位置にソファがあり、入ってくる人が全員横並びに座れるようになっている。

そのソファは、六人以上が優に座れるくらいの広さだ。

ソファの前にはテーブルのようなものがあり、綺麗《きれい》なワイングラスなどが飾られている。

それにここからは運転席が見えないように、壁があって完全に遮られている。

「す、すご……！」

僕はソファに座りながら、リムジンの中を見渡して思わず声が出てしまった。

「これはすげえな、椅子も柔らけえし」

リムジンに興味ないと言っていた竜鬼《りゅうき》くんも、さすがにこの内装を見て驚いた様子だった。

「えっ、これ、冷蔵庫?」

「マジか、リムジンって冷蔵庫あるのか?」

ソファの端っこのほうに、まさかの冷蔵庫があった。

「ああ、そこにジュースがあるぞ。普段ならワインやシャンパンが入っているようだが、未成年でも飲めるようにブドウジュースを入れてある」

「えっ、飲んでいいの?」

「もちろんだ」

冷蔵庫を開けると、確かに飲み物があった。すごいワインっぽいボトルに入ってるんだけど。

それに色も赤ワインっぽい。

「これ、本当にワインじゃないの?」

「ただのブドウジュースだ。まあちょっと高めだが」

「……そうなんだ」

どのくらい高いかは聞くのやめておこう。

「よし、そろそろ出発しようか。幼稚園の住所は?」

「あー、ここです」

竜鬼くんがスマホで住所を出して、愛姉ちゃんに見せた。

愛姉ちゃんはその住所を写真で撮り、スマホを軽く操作する。

そしてスマホを置き、手元にあるリモコンのようなものを手に取りスイッチを押した。

すると運転席とこちら側を遮っている壁の一部が開いた。

「麻里恵《まりえ》、今スマホに送った住所に行ってくれ」

愛姉ちゃんがそう言うと、運転席のところにいる女性が返事をする。

「はいはい……はぁ、なんで私がこんなことを……」

女性の声が聞こえて、麻里恵さんという人が何やら愚痴を言いながらもリムジンを発進させた。

麻里恵さんって、愛姉ちゃんの秘書で友達の人だったよね？

「あの、麻里恵さん、初めまして。運転ありがとうございます」

僕が開いたところに向かってそう言うと、麻里恵さんはルームミラー越しに目線を合わせてくれた。

「ああ、どうもっす、零《れい》君。大丈夫っすよー、ちゃんと対価はもらうっすから」

「俺も、ありがとうございます」

「竜鬼くん、でしたっけ？　私のことは気にせず、ごゆっくりー」

麻里恵さんがそう言うと、開いていた壁の一部が閉じた。

「じゃあ飲み物でも飲もうか。竜鬼くんも、肩の力を抜いてゆっくりしてくれ」

「はぁ、ありがとうございます」

「あっ、僕が入れるよ」

冷蔵庫に一番僕が近いので、ワインボトルみたいな容器に入っているブドウジュースを開けて、ワイングラスに入れていく。

こうして見ると本当にワインにしか見えない。

そして僕たちはブドウジュースを飲みながら、リムジンでのドライブを楽しんだ。

ブドウジュースもお高いからか、やはりとても美味《おい》しい。

愛姉ちゃんと竜鬼《りゆうき》くんは初めて会うから、気まずくならないように僕が会話を回さないと、と思っていたんだけど……。

「零《れい》はクラスの男子にも女子にも、誰にでも好かれるような感じですね。まあ、クラスのマスコット的な存在っていえばわかりやすいですかね」

「え、僕ってマスコットなの？」

「ふふっ、そうかそうか、それはわかりやすいな」

僕の学校でのことで盛り上がっているから、なんだか気恥ずかしかった。

そんなことを話していたら、すぐに幼稚園に着いた。

僕と竜鬼くんは一度リムジンを降りて、妹さんたちを迎えにいく。

竜鬼くんの双子の妹、凛《りん》ちゃんと舞《まい》ちゃん。

二人は僕たちの姿が見えたら、とても可愛らしい笑みを浮かべてこちらに向かってきた。

「お兄ちゃーん！」

「あっ、零にぃも一緒だ！」

「本当だ！」

僕のことを覚えてくれていたようで、僕にも可愛らしい笑みを見せてくれる。

双子なのでとても容姿が似ているんだけど、凛ちゃんは完全な黒髪で、舞ちゃんが金色が混じった髪色だ。

竜鬼くんと同様にハーフなので、髪色に金色が入っているのだ。

凛ちゃんが姉で、舞ちゃんが妹らしい。

「凛、舞、いい子にしてたか？」

「してたよー！」

「うん、してたしてた！」

「そうか、さすがだな」

竜鬼くんはしゃがんで二人と目線を合わせ、優しく頭を撫《な》でてあげている。

いつも無表情で怖《こわ》い印象を受ける竜鬼くんだけど、妹の二人の前では優しいお兄ちゃんの表情をする。

そういうところもギャップがあってカッコいい。

「今日はすごい車で迎えにきたからな、ほら、あれだ」

幼稚園の入り口からすでに見えているリムジンを指差す竜鬼《りゅうき》くん。

「えっ、うわー、大きい！」

「ながーい！　しろーい！」

二人は小走りになってリムジンに近づいていく。

僕と竜鬼くんは幼稚園の先生に軽く会釈をしてから、二人に追いついてリムジンへと戻る。

僕たちがリムジンのところに着くと、リムジンのドアが同時に開いた。中から操作してくれたのだろう。

そのまま凛《りん》ちゃんと舞《まい》ちゃんは乗って、リムジンの中を見てさらにはしゃいでいた。

「すごーい！　広ーい！」

「ふかふかのイスだぁ！」

とても可愛らしくそう言ってから、すでに乗っていた愛姉ちゃんに気づいたようで、ちょっと固まる。

「おねえさん、だーれ？」

「お兄ちゃんのおともだち？」

二人は少し人見知りなので、ちょっとおとなしくなって愛姉ちゃんを見ている。

愛姉ちゃんは警戒させないために優しい笑みを浮かべて、いつもより柔らかい声で答える。

「そうだよ。凛《りん》ちゃんと舞《まい》ちゃんだよね?」

「うん、凛だよ」

「舞だよ。おねえさんのお名前は?」

「愛音《あいね》、だ。愛ねえ、とでも呼んでくれ」

「あいねぇ……愛ねぇ! ふふっ、可愛い名前!」

「そうだね! 愛ねぇ!」

「ありがとう」

愛姉ちゃんのいつもよりも柔らかい表情と声に、僕は少しドキドキしてしまった。

僕と竜鬼《りゅうき》くんが乗ると、またリムジンが音もなく出発した。

凛ちゃんと舞ちゃんは愛姉ちゃんにあまり人見知りはせず、すぐに仲良くなっていた。

はじめに呼び方を決めたのが大きかったのかもしれない。

「愛ねぇ、これ何?」

「これはジュースだよ。凛ちゃんも飲むか?」

「舞も飲みたい!」

「ふふっ、そうだな。ワイングラスじゃちょっと大きいから、ショットグラスに入れようか」

愛姉ちゃんはブドウジュースをショットグラスという小さなグラスに入れて、凛ちゃんと舞ちゃんに渡す。

「んっ……おいしい！」

「おいしいね！　もっとちょうだい！」

「ああ、いいぞ」

二人はとても気に入ったようで、ブドウジュースをどんどんと飲んでいく。

「凛、舞、あんまり飲みすぎるなよ。それは愛音さんのなんだから」

詳しい値段を知らないけど、多分結構高いブドウジュースだ。

だから竜鬼くんはそう言ったと思うのだが、愛姉ちゃんは「大丈夫だ」と言う。

「リムジンを借りた時にオプションで付いていた物だから、むしろ飲み干したほうが助かる」

「……俺の妹たちがすいません」

「とてもいい子で可愛いじゃないか」

愛姉ちゃんはお世辞じゃなく本気でそう思っているように、凛ちゃんと舞ちゃんを優しい目で見ながら言った。

どこか懐かしむような表情でもあった。


十分後、リムジンは竜鬼くんの家に着いた。

竜鬼くんの家は二階建てのアパートの一室だ。

リムジンから降りると、愛姉ちゃんが運転席にいる麻里恵《まりえ》さんに指示を出していた。

「そろそろリムジンのレンタル時間が終わるから、返してきてくれ」

「……了解っす。報酬はワインっすよね？」

「ああ、お前が好きな銘柄、なんでも奢《おご》ってやる」

「言質《げんち》取ったっすから」

そして麻里恵《まりえ》さんはリムジンを返しにいってくれたようだ。

「愛姉ちゃん、リムジンに乗せてくれてありがとうね」

「ああ、私も零《れい》と一緒に乗りたかったからな。それと竜鬼《りゅうき》くんや妹さんたちも楽しんでくれたようで、私も嬉《うれ》しいよ」

僕と愛姉ちゃんは笑い合い、竜鬼くんと妹さんたちについていき、家に入れてもらった。


竜鬼くんの家族が住む部屋は、築何十年かもわからないアパートの一室。

広さは四人家族が住むには狭く、せいぜい二人暮らしが限度の部屋だ。

壁なども元は白かったんだろうけど、年季が入っているのかちょっと黄ばんでいる。

僕と愛姉ちゃんは小さなローテーブルのところに座り、その周りを元気な凛《りん》ちゃんと舞《まい》ちゃんが荷物を置いたり着替えたりして走り回っている。

「粗茶ですが、どうぞ」

「ありがとう、竜鬼くん」

「ありがとう」

竜鬼くんが出してくれたお茶を飲む、ちょっと薄いけどよく冷えたお茶だ。

「汚い部屋ですいません、茶菓子とかもあればよかったんすけど」

「いや、大丈夫だ。それに汚くなんてない、住んでいる人の気が行き届いた、とてもいい部屋だ」

「そう、ですかね」

「ああ、私も昔、といっても数年前程度だが、ここよりも狭い部屋に住んでいた頃もある」

「大企業の社長でも、そんな頃があったんですね」

「もちろんあったさ。私が住んでた部屋よりも全然広くて綺麗《きれい》だ」

……まあ、広さはわからないけど、綺麗なのは本当だろうなぁ。

愛姉ちゃん、掃除や片付けが全くできないってことが、昨日わかったから。

まさか愛姉ちゃんの部屋を昨日一緒に片付けたんだけど、最初に入った時の印象がすごかった。

愛姉ちゃんがあんな汚い部屋に住んでいるとは思わなくて、さすがにビックリした。

昨日、丸一日使って掃除と片付けしたからね。

「俺はこれからバイトなんすけど、本当に愛音《あいね》さんも妹たちを見てくれるんですか？」

「もちろん、許されるのであれば凛や舞とまだ遊びたいな」

「……ありがとうございます。冷蔵庫とかの飲み物は勝手に開けて飲んでもらって構わないので。まあ粗茶しかないですけど」

竜鬼《りゅうき》くんは丁寧にお礼を言ってから、最後まで恐縮がりながらバイトに出かけていった。

「とてもいい友達だな、零《れい》」

「うん、そうでしょ？　竜鬼くん、本当にすごくいい人でカッコいいんだ」

「そうだな、しっかり伝わってくるよ」

今日はいきなりだったけど、愛姉ちゃんに僕の親友を紹介できたみたいでよかった。

「零にぃ、愛ねぇ、なに話してるのー？」

「ん？　凛《りん》ちゃんと舞《まい》ちゃんのお兄ちゃんは、すごいカッコいいなぁ、って話だよ」

「そっか！　凛もお兄ちゃん大好き！」

「そうだよね！　舞ね、大人になったらお兄ちゃんと結婚するんだ！」

「凛がお兄ちゃんと結婚するの！」

「舞だよ！」

ふふっ、なんかすごい微笑《ほほえ》ましい。

「二人とも、お兄ちゃんのこと大好きだもんね」

「うん！　大好きだよ！」

「お母さんのことも好きだよ！　いつもニコニコしてて、すっごい優しいの！」

「だけどお母さん、怒ると怖《こわ》いよ？」

「だけど優しいじゃん！」

……本当に、仲がいい家族だ。

家族全員が想い合っていて、とても温かい。

凛ちゃんはお母さんに怒られるのが怖いみたいだけど、それも多分、二人を想って怒ってくれているのだろう。

……僕は、両親に怒られたことないなぁ。

そんなことを考えてしまい、ちょっと寂しくなってしまった。

いけないいけない、凛ちゃんと舞ちゃんと一緒に遊ばないと。

どんな遊びがいいかな、愛姉ちゃんもいるから四人で楽しめるやつがいいけど。

そう思いながら愛姉ちゃんのほうを向くと——とても寂しい目を、していた。

凛ちゃんと舞ちゃんの可愛らしい言い争いを見て、何か思うところがあるのか。

笑みを浮かべているんだけど、目がとても寂しそうで……。

「愛姉ちゃん……？」

「……んっ？　どうした、零」

「い、いや、なんでもない」

僕が声をかけると、すぐに気を取り直したようにすっといつもの表情に戻った。

どうしたんだろう……あんな表情、初めて見た。

「凛《りん》、舞《まい》……お母さんは好きか？」

凛ちゃんと舞ちゃんが、お母さんが怖《こわ》いか優しいかの言い争いをしているところで、愛姉ちゃんがそう言って割って入る。

「うん、大好き！」

「大好きだよ！」

「……そうか。とても素敵なお母さんなのだな」

愛姉ちゃんは優しい表情で、だけどやっぱり寂しそうな目でそう言った。

「だけどお母さんとあんまり一緒にいれないいんだよね」

「お兄ちゃんも最近家にいないことが多いよね」

「そう！　久しぶりにお兄ちゃんとお母さんと、みんなで遊びたいよね！」

「ご飯も一緒に食べたいね！」

凛ちゃんと舞ちゃんの小さな願いを聞いていると、少し胸が苦しくなる。

二人のお母さんも、竜鬼《りゅうき》くんも、生活をするために仕事やバイトをしている。

とても大切なことでやらないといけないことだけど、幼い二人にはわからない。

ただ二人は、お母さんと竜鬼くんと一緒にいたいだけなのだ。

だけど二人のお母さんは三人を育てるために働かないといけなくて、竜鬼くんもそれを手伝うためにバイトをしている。

とても素敵な家族なのに一緒にいられない時間が長いというのが、心苦しい。

「……そうか、二人は、家族と一緒にいたいか」

愛姉ちゃんも少し思うところがあるのか、二人にそう問いかけた。

「うん！　ずっと一緒にいたい！」

「もっともっといっぱい遊びたいよね！」

「……そうか」

優しい表情で笑った愛姉ちゃんは、二人の頭を一度撫《な》でた。

「今日は私たちと一緒に遊ぼうか。二人は家ではどんな遊びをしてるんだ？」

「えっとね、トランプとか、ジェンガとか！」

「ジェンガ、舞強いんだよ！　ジェンガやろ！」

「じゃあジェンガをやろうか」

「うん！」

「零《れい》にぃも一緒にやろ！」

「うん、そうだね」

凛ちゃんに誘われて僕も入って、一緒にジェンガを楽しむ。

愛姉ちゃんは凛ちゃんと舞ちゃんと遊ぶのが上手で、とても楽しそうに二人と遊んでいる。

「懐かしいな、昔は零とこうやって一緒に遊んだんだぞ？」

「あっ、そうなんだ。だからなんか慣れてるんだね」

「ふふっ、零《れい》も昔は二人のようにとても小さくて可愛かった。あっ、今も可愛いぞ？」

「や、やめてよ」

高校二年生になって可愛いと褒められても、ちょっと複雑だ。

「ねぇねぇ」

「ん？　なに、凛《りん》ちゃん」

「零にぃと愛ねぇって、夫婦なの？」

「えっ!?」

凛ちゃんにいきなりそんなことを言われて、ドキッとしてしまう。

「ち、違うよ」

「えー、そうなの？　じゃあいつ夫婦になるの？」

「えっと、別にいつなるとかそういうのじゃないんだけど……」

凛ちゃんのとても純粋な眼差《まなざ》しでそう聞かれて、少し困ってしまう。

「愛ねぇは、零にぃと夫婦にならないの？」

今度は舞《まい》ちゃんが愛姉ちゃんにそんなことを聞いていた。

「そ、そうだな……まあ、いつかな」

「えぇ!?」

その答えに僕が大声を上げて驚いてしまう。

い、いつかって、それって……！

僕が顔を真っ赤にしながら固まっていると、愛姉ちゃんが顔を近づけて耳打ちしてくる。

「こ、こうでも言わないと二人は納得しないだろう？」

「あ……ああ、そういう、こと……」

本当にビックリした……。

愛姉ちゃんもちょっと顔を赤くしていたから、
ちょっとしたハプニングがありながらも、僕たちは楽しく遊びながら留守番をしていた。


一時間ほど経った頃だろうか、家のドアの鍵が開く音が聞こえた。

その音に反応して玄関のほうを向くと、同時にドアが開いた。

「あっ、お母さん！」

「お母さん、おかえりー！」

凛ちゃんと舞ちゃんが遊んでいたトランプを放って、帰ってきたお母さんのほうに走っていく。

そのままお母さんの足や腰に抱きついた。

「凛、舞、ただいま」

何度かお会いしたことがある、竜鬼《りゅうき》くんたちのお母さん、神長倉春枝《かなくらはるえ》さん。

黒髪でとても綺麗《きれい》な人で、四十歳を超えているとは思えない。

仕事で疲れているのかちょっと身体《からだ》が重そうで、目元に隈《くま》もある。

だけど凛《りん》ちゃんと舞《まい》ちゃんに迎えられて、とても嬉《うれ》しそうに、穏やかに笑っている。

「いい子にしてた？　零《れい》くんに迷惑かけてない？」

すでに竜鬼くんがお母さんに連絡してくれているようで、僕がいるということはわかっているようだ。

「うん！　一緒に遊んでた！」

「愛ねぇとも一緒に！」

「愛ねぇ……？」

さすがに愛姉ちゃんのことはまだ伝えられていなかったみたいで、春枝さんは顔を上げて僕と愛姉ちゃんを見て少しビックリしていた。

「初めまして、私は零の姉の愛音《あいね》です」

「あらあら、ご丁寧にどうも。春枝です、二人の面倒を見てくださってありがとうございます」

「いえ、私もとても楽しかったです」

二人が軽く挨拶《あいさつ》をして、春枝さんは上着とかを脱ぎながら家に上がる。

「お二人とも、今日はありがとうございます。零くんには何回も見てもらっちゃって」

「いえ、僕も凛ちゃんと舞ちゃんと遊べてすごく楽しかったですから」

「ふふっ、竜鬼はいい友達を持ててよかったわ」

「それを言うなら僕だってそうですよ。竜鬼くんと友達になれてよかったです」

「ありがとう、零くん。愛音さんも、ありがとうございました。凛と舞も楽しかったみたいなので、また遊んでくれると嬉しいです」

「ええ、もちろんです……春枝さん、不躾《ぶしつけ》な質問かもしれませんが、今どういったお仕事をなされているのですか？」

愛姉ちゃんがとても真面目《まじめ》な顔でいきなりそんなことを聞いたので、春枝さんも少し驚きながらも答える。

「近くのスーパーで働いてます」

「正社員でしょうか？」

「いえ、非正規です。いわゆるパートみたいな感じですね」

苦笑するように言う春枝さん。

「えっと、それが何か？」

「不躾な質問をすいません。自己紹介が遅れましたが、私はこういうものです」

愛音ちゃんがポケットから財布を出し、その中から名刺を出して春枝さんに渡した。

困惑しながらも春枝さんは名刺を受け取り、それを読むと目を見開いた。

「えっ！　く、九条《くじょう》グループの、代表取締役社長……!?」

春枝《はるえ》さんは目をまん丸にして驚いていた。

僕の姉で若く見える、いや、実際に若い愛姉ちゃんが、とんでもなく大きな会社の社長だと思っていなかったのだろう。

「す、すいません、そんな方とは知らず、失礼な態度を……！」

「いえ、そこまで畏《かしこ》まる必要はないです。単に私は、春枝さんにご提案をしようと思いまして」

「て、提案？　なんでしょうか？」

「うちの会社で働きませんか？」

「えっ……？」

その言葉に春枝さんだけじゃなく、僕も声を出してしまいそうなくらい驚いた。

「本社は難しいかもしれませんが、子会社の事務員などは募集しているところは多数あります。私が融通《ゆうずう》を利かせれば、明日からでも研修に入っていただけると思います。もちろん正社員での雇用ですし、研修期間も給料はお支払いします」

「え、えっ……？」

いきなりのことで驚いている春枝さん、だけど愛姉ちゃんは話を続ける。

「子会社の事務員でも給料は……家族を養えるほどの給料はお支払できると思います」

愛姉ちゃんは一瞬だけ凛《りん》ちゃんと舞《まい》ちゃんを見て、お金の話はほどほどにしたみたいだ。

「あの、いきなりすぎて、よくわからないのですが……」

「土日祝日休みの完全週休二日制で、残業も平均月十時間です。夕ご飯は家族でご一緒に食べられると思います」

その言葉にハッとする春枝さん。

竜鬼《りゅうき》くんに聞いた話では、春枝さんは夜勤とかも入っているので夜遅くまで帰ってこないことも多いらしい。

だから竜鬼くんたちは三人で夕飯を食べることが多く、最近は竜鬼くんもバイトでいないこともあって……凛ちゃんと舞ちゃんの二人だけで食べることもあるようだ。

「うちの会社はテレワークにも対応しております。仕事に慣れてからは申請していただければ、在宅で仕事をしていただいても構いません」

「え、ちょ、ちょっと待ってください……！」

春枝さんはいきなりのことで混乱して、一度深呼吸をしている。

「え、えっと……ほ、本当に、いいんですか？　私なんかが、こんな会社で働いて……私、仕事のスキルなんて全くなくて、そんな会社で働けるか……！」

「大丈夫です、誰でも最初はできないものです。しっかりと学べばできるようになります」

「な、なんで……初めてお会いして、そこまでしていただく理由なんて……！」

春枝さんは泣きそうな表情をしながらそう問いかけた。

愛姉ちゃんは今までとても真面目《まじめ》な顔で話していたが、その問いかけには少し笑みを浮かべて答える。

「春枝《はるえ》さんたちの家族を、私が好きになったからです。みんながとても家族思いで、素晴らしい家族愛だと思いました」

……まただ。

笑みを浮かべている愛姉ちゃんだけど、なぜか悲しそうな目をしている。

その目が僕はすごく気になってしまう。

「竜鬼《りゅうき》くんや、凛《りん》ちゃんと舞《まい》ちゃんを見ていれば、とても素晴らしいお母さんだということがわかりました。みんな、お母さんを愛している」

「っ……そう、でしょうか」

春枝さんは不安そうな表情で言葉を続ける。

「私が、ちゃんとしてないから、竜鬼にバイトをしてもらわないといけなくて……それを、竜鬼は恨んでるんじゃないかって、ずっと思っていて……」

「それは違います！」

春枝さんの言葉に、僕が思わず声を上げてしまった。

「竜鬼くんはいつも春枝さんに、お母さんに感謝してるって言ってました！　自分を高校に行かせるために寝る間も惜しんで仕事をしてくれて、それで家事もやっていて……バイトも、竜鬼くんはお母さんを助けたいからやっているって言ってて、恨んでるなんてことは絶対にないです！」

「っ……！」

本当は竜鬼くんから「お袋には言うなよ、恥ずいから」と言われていたけど、思わず言ってしまった。

「私もお母さん大好き！」

「私もー！」

凛ちゃんと舞ちゃんは話の内容をしっかり理解できてないと思うけど、春枝さんに抱きつきながら満面の笑みでそう言った。

春枝さんは堪《こら》えきれず、目から大粒の涙が零《こぼ》れた。

「私も……大好きよ、凛、舞……」

春枝さんはしゃがんで、凛ちゃんと舞ちゃんを抱きしめる。

やっぱり、これ以上ないくらいとても素敵な家族だ。

春枝さんが良い人だから、竜鬼くんも良い人に育って、凛ちゃんと舞ちゃんもとても良い子なのだろう。

愛姉ちゃんもそれがわかって、春枝さんを自分の会社で働いて欲しいと誘ったのかな。

そう思って愛姉ちゃんを見ると……今にも泣きそうな顔をしていた。

眉《まゆ》をひそめ、目がうるうるとしていて、唇を少し噛《か》んでいる。

この家族の愛を見て感動して、というよりは……なんだかやっぱり悲しそうな印象を受ける。

「春枝《はるえ》さん、どうでしょうか？　私の会社に就職していただいたほうが、家族とのお時間を取れると思います」

「でも、ありがたい話ですが、愛音《あいね》さんにご迷惑がかかったり……」

「春枝さん、子供は……お母さんが好きな子供は、みんなお母さんと一緒にいたいんです」

愛姉ちゃんの少し言い直した言葉に、僕は何か違和感を覚えた。

「っ……私も、子供たちと……」

「春枝さん、一緒に働きませんか？」

「……はい。これから、よろしくお願いします」

春枝さんが立ち上がり、深々と頭を下げた。

「こちらこそ、よろしくお願いします」

愛姉ちゃんも笑みを浮かべて、同じように頭を下げた。

「お母さん、愛ねぇ、どうしたの？」

「なにか約束したの？」

「……ふふっ、そうだな。凛《りん》と舞《まい》が、今まで以上にお母さんと一緒にいられるように、約束したんだぞ」

「えっ！　そうなの⁉」

「お母さんともっと一緒に遊べる⁉」

「……ええ、愛音さんのお陰でね」

春枝さんの言葉に、さらに嬉《うれ》しそうに凛ちゃんと舞ちゃんは顔を輝かせる。

「わーい！　凛ね、お母さんとトランプしたい！」

「私はジェンガしたい！　すごく上手《うま》くなったんだよ！」

「ええ、そうね、あとでやりましょうか」

二人が同時に「うん！」と言って、春枝さんも嬉しそうに笑った。


その後、愛姉ちゃんと春枝さんが転職の話をするために軽く話して、連絡先を交換していた。

僕はその間、凛ちゃんと舞ちゃんと遊んでいた。

そして僕と愛姉ちゃんはそろそろ帰ることにして、凛ちゃんと舞ちゃんに惜しまれながらも家を出た。

春枝さんは家を出て、僕たちが曲がり角を曲がって姿が見えなくなるまで見送ってくれた。

「楽しかったね、愛姉ちゃん」

「ああ、そうだな。凛と舞もとても可愛くて、昔の零《れい》を思い出したよ」

「そ、それはちょっと恥ずかしいけど」

竜鬼《りゅうき》くんの家から僕たちの家は徒歩で十五分程度、それほど遠くないので二人で並んで歩く。

「愛姉ちゃん、春枝《はるえ》さんを雇うのって、やっぱり凛《りん》ちゃんや舞《まい》ちゃんのため？」

「それもあるが、春枝さんが優秀だと思ったのは本当だぞ。スキルとかはあとから覚えればなんとでもなるが、人間性というのは仕事においてとても大事だ。その点で春枝さんは、すでに優秀だというのが証明されていた」

「うん、そうだね」

あの家族を見れば、一人で育てている春枝さんがどれだけすごい人なのか、すぐにわかる。

「それにやはり……子供と親は一緒にいる時間が長いほうが、いいだろう」

そう言う愛姉ちゃんの横顔を見ると、やはりいつもよりも弱々しい印象を受ける。

どうしたんだろう、やっぱりあの家にいた時からちょっと様子が変だった。

聞いてもいいものなのか、わからない。

前も愛姉ちゃんがこんな雰囲気になったことがある。

愛姉ちゃんの家族、両親のことを聞いた時だ。

春枝さんたちを見て、愛姉ちゃんの両親のことを思い出したのかな。

ちょっとだけ重たい雰囲気だから、何か明るい話題を出そうと思ったその時——。

「——お姉ちゃん？」

十字路に差し掛かった時、そんな声が右の道から聞こえてきた。

そちらを見ると、心音《ここね》ちゃんがいた。

学校からの帰りなのか、制服を着ている心音ちゃん。

愛姉ちゃんの、血の繋《つな》がった妹。

心音ちゃんの驚いた顔を見た後、心音ちゃんの側《そば》にいる人たちを見た。

男性と女性、どちらもスーツ姿だった。

僕や愛姉ちゃんよりも年上で、初老に入ったくらいの男性と女性。

心音ちゃんとはとても近くにいて、どう見ても家族のような距離。

つまり心音ちゃんの両親、ということは……。

「愛音《あいね》……？　愛音なの？」

心音ちゃんの隣にいる女性が、愛姉ちゃんにそう呼びかける。

やっぱり愛姉ちゃんの、両親なのか。

そういえば今日は、三年生は進路相談で先生と親を交えて話す日だった気がする。

チラッと愛姉ちゃんを見て……僕は息を呑《の》んだ。

愛姉ちゃんが、見たことがないほど冷たい表情をしていた。

前に聞いた限り、両親と八年ぶりに会ったはずなのに。

母親と父親を睨《にら》んでいて……嫌なものを見たけどそれを顔に出さない、出したくない、そんな感じだ。

愛姉ちゃんの様子をわかっているのかわかっていないのか、両親は近づいてくる。

「久しぶりね、愛音《あいね》」

「ああ、愛音、久しぶり」

「……ああ、そうだな」

両親は少し困惑したような声で、愛姉ちゃんはとても冷たい声で八年ぶりの再会の挨拶《あいさつ》をしていた。

「心音《ここね》も、久しぶり。大きくなったな」

「う、うん、久しぶり、お姉ちゃん」

姉妹も八年ぶりの再会で、愛姉ちゃんも優しげな表情をしていた。

心音ちゃんも少し安心したのか、ホッとしたような表情だ。

「……では、私たちはこれで。行くぞ、零《れい》」

「えっ……う、うん」

そのまま何かしら会話をするのかと思いきや、愛姉ちゃんは挨拶だけで済ませてもうこの場を離れようとした。

「待ちなさい、愛音」

愛姉ちゃんの母親が、さすがに待ったをかけた。

母親の顔を見ると、ちょっとだけ愛姉ちゃんに似ている気がする。

「何年も家に顔を出さずに、久しぶりに会ったと思えば挨拶はそれだけ？　何か話すこともあるでしょう？」

愛姉ちゃんの母親は、呆《あき》れた様子でそう話す。

「そうだぞ、愛音。こんなに長い間、家に顔を出さないで。そろそろ家に帰ってきたらどうだ？」

父親も軽く笑いながらそんなことを言う。

言葉だけを見れば、娘を心配している両親といった感じだ。

だけど、違う。

この二人は愛姉ちゃんのことを、見ていない。

なんと言えばいいかわからないけど、雰囲気でわかる。

だって僕と愛姉ちゃんはさっきまで、本物の家族を見ていたから。

あの家族の言葉や雰囲気と比べたら、今この両親が愛姉ちゃんに向けているものは、なんて冷たいものなのだろうか。

「何か話すこと？　私からは何もないが、あんたらからは何かあるか？」

愛姉ちゃんは冷たくそう言い放つと、母親もちょっと目を見開いて動揺する。

「そ、そうね。まず、親に向かってその言葉遣いはどうなの？　仮にも家族なんだから、ちゃんとした言葉遣いを……」

「はっ、家族？　昔、私たちは家族じゃないと言ったのはどこのどいつだ？」

愛姉ちゃんは言葉を遮り、嘲笑《ちょうしょう》するように言う。

「それに、心配していたと言っていたが……この八年間、貴方《あなた》たちから連絡をしてきたことは、一切ないだろう？」

愛姉ちゃんがそう言うと、今度こそ両親は何も言えずに黙ってしまう。

「……どうせ、心音《ここね》から聞いたのだろう。今の私の状況を。だからそうして表面上は付き合おうとしている」

愛姉ちゃんが吐き捨てるようにそう言うと、心音ちゃんが少しビクッとする。

その反応から見るに、心音ちゃんが親に愛姉ちゃんのことを伝えたのは事実なのだろう。

「もう一度言うが、私から貴方たちと話すことは金輪際《こんりんざい》何もない……家族ではないのだから」

愛姉ちゃんは今まで冷たく接していたが、「家族じゃない」と言う時だけ……少し、悲しそうだった。

「心音……またな」

「う、うん、またね、お姉ちゃん」

最後に心音ちゃんにだけ挨拶《あいさつ》をして、愛姉ちゃんはその場から離れる。

僕も軽く会釈だけして、愛姉ちゃんについていった。


あの人たちから離れて、数分が経った。

重苦しい雰囲気が流れていたけど、愛姉ちゃんが一度深呼吸をするように息を吐いた。

「ふぅ……すまなかった、零《れい》。嫌なところを見せてしまった」

「う、ううん、僕は大丈夫だけど、愛姉ちゃんは大丈夫？」

「ああ、少し感情が高ぶってしまった……私もまだまだ子供だな」

愛姉ちゃんは自嘲《じちょう》するようにそう言って笑う。

「気になった、いや、気になっていただろう？　私と両親の間に、何があったか」

「……そう、だね。聞かないほうがいい、と思ってたけど」

「ああ、気を遣わせてすまない……いい機会だ、帰ったら話すよ」

「……うん」

それから僕たちは、家に着くまで一言も喋《しゃべ》らずに並んで歩いた。

◇◇◇

愛音《あいね》は、あまり話したくなかった。

零には関係ない話だし、全く気持ちいい話ではない、むしろ不快になる話だ。

だけどあの人たちに会ってしまったのなら、もう隠すことも難しい。

家に帰り、夕飯を食べ終えた。

今日の夕飯も零が作ってくれたが、とても美味《おい》しいものだった。

そして食器をシンクで水に浸けておき、零と正面から向き合って座る。

零が淹《い》れてくれた温かい紅茶を、愛音は一口飲む。

夕飯を食べている時からずっと静かだったが、愛音の心臓は嫌な跳ね方をしていた。

しかしもう、言うしかない。

「どこから話そうか……そうだな、まずは今日会ったあの人たちとの関係について話そう」

零は真面目《まじめ》な顔で、だけど愛音のことを心配してくれながら話を聞いてくれる。

それを嬉《うれ》しく思いながら、愛音は語る。

「先程会った父親は、私の実の父親ではない」

「えっ？」

「私の母親は一度離婚していてな。私は、その前の父親との間に生まれた子なんだ」

さすがに予想していなかったのか、零は目を丸くして驚く。

その顔を見て少し和んだ愛音は続きを話す。

「母親と今の父親にとって、私は前の男との間に生まれた子。つまり邪魔だったんだ――」

――愛音の物心がついた時には、すでに母親は前の父親と離婚していた。

だから愛音は、本当の父親の顔を全く覚えていない。

母親はいつも家におらず、ご飯だけを置いて仕事や遊びに行っていた。

それから数年後、母親が今の父親と再婚した。

義理の父親ができて、両親が家にいることは増えたが……前の男との子供を、義理の父親も母親も愛さなかった。

家でもほとんど話すこともなく、最低限のご飯を出されるだけ。

そしてついに、今の両親の間に子供が、心音《ここね》が生まれた。

両親にとっては待望の子供だったようで、心音はとても愛されていた。

愛音《あいね》への態度は悪化し、ほとんどいない者として扱われていた。

そんな愛音は自分に自信がなく、とても暗い子供だった。

だから小学校でも中学校でも友達ができず、イジメられるような子だった。

勉強もスポーツも全然できず、容姿も全然気を遣っていなかった。

『お前とは家族じゃない』

何度も、両親に言われた言葉だった。

愛音は「自分はいらない子なんだ」と思い、ただただ無気力に生きていた。


「そう、だったんだ……」

そこまで話して、零《れい》が信じられないという面持《おもも》ちでそう呟《つぶや》いた。

まさか愛音に、そんな過去があったなんて思いも寄らなかったのだろう。

「いわゆる、ネグレクトというものだな。暴力などは受けなかったのが幸いだろう。まあ、あの人たちが暴力を振るうほどの度胸がなかっただけかもしれんが」

「……」

零もどんなことを言えばいいかわからず、何か言おうとして黙る。

「すまないな、暗い話をして」

「い、いや、大丈夫……話してくれて、ありがとう」

「ああ。こんな詳しく話したのは、零が初めてだ」

「そ、そうなの？」

「ああ、麻里恵《まりえ》には軽く話したことあるが、ここまで全部は話してない」

「そうなんだ……」

二人はほぼ同時に紅茶を一口飲む。

ちょっと温《ぬる》くなった紅茶はゴクゴク飲めるくらいの温度になっていた。

「その……愛姉ちゃんはすごいね」

「ん？　何がだ？」

「そんな状況にも負けずに、立派な大人になって、会社の社長にまでなったんだから」

零にそう褒められて、愛音はふっと笑う。

確かに自分でも、あの状況でよくここまで頑張ってこられたと思う。

だけど……。

「私が頑張れたのは、零《れい》のお陰なんだ」

「えっ？　僕？」

「ああ、零が私に――愛をくれたから」


――転機は、中学を卒業して、高校に上がるまでの春休み。

心音《ここね》が幼稚園でできた友達……零を家に連れてきたのだ。

家が近く心音と仲が良かった零は、ほぼ毎日家に来た。

自信がなく引きこもっていた愛音《あいね》でも、毎日来るのでさすがに零と何回か顔を合わせた。

五歳の頃の零は底なしに明るく、なぜかとても暗い愛音に懐いた。

愛音の名前を知るとすぐに「愛姉ちゃん！」と呼んで、「一緒に遊ぼう！」とせがんだ。

愛音が断ると零は泣いてしまうから、愛音も渋々遊んであげていた。

いつか、すぐに自分に飽きるだろう、と思いながら。

しかし何十回と会っても、零は「愛姉ちゃん！」と言って満面の笑みで愛音に抱きつく。

何度も遊んだのに、「一緒に遊ぼう！」と言って誘ってくれる。

心音が家にいない日でも、愛音に会いに来てくれた。

それが愛音にはなぜなのかわからず、とても困惑した。

だけど……零と一緒にいると、すごく幸せだった。

心音からも「遊ぼう！」と言われて、遊んだことは何回もある。

だけどそれを正直に受け取れなかった。

幼い心音には何も罪はないけれど、両親に愛されているというだけで、愛音は少しの恨みを抱いてしまっていた。

だから「遊ぼう」と言われても、両親に「心音が遊んでと言っているのだから、遊んでやれ」という命令に近いものを受けていたので、むしろ辛かった。

だけど愛音は、最初の頃は知らなかったが、零の家は両親が家にいないことが多く、だからいつも近所である愛音の家まで遊びに来る。

愛音は「この子も、両親から愛されていないのか？」とちょっと可哀想《かわいそう》に思い、だけど境遇が同じで共感を覚えていた。

そんなある日のこと、心音と両親が愛音を除いて出かけていた時、また零が家に来た。

一緒に床に座ってトランプなどをして遊んでいると、ふいに零が話す。

「僕の家、いつも誰もいないんだ」

「っ……そう」

小さい子供の口からいきなり発せられた言葉に、愛音は驚きながらも同情した。

自分も同じだ、と思いながら。

「だけどね、愛姉ちゃんと一緒にいると、すごく楽しい！」

「……ありがとう」

私も、と言いたかった。

だけどその勇気がなく、積極性もなかった。

しかし――。

「愛姉ちゃんが家族だったらすごく嬉《うれ》しかったなぁ」

「……家族？」

「うん！　僕、愛姉ちゃんが大好きだから！」

「っ――！」

瞬間、愛音《あいね》の真っ暗な心に、温かな光が差し込んだ。

今まで、愛をもらったことがなかった。

親からも愛されず、友達もできず、ただただ非生産的な毎日を送っていた。

自分は、愛をもらえない人間、この世にいらない人間だと思っていたから。

だけど……とても幼い零《れい》、だからこそ、純粋な愛だった。

愛音は生まれて初めて、愛をもらった。

「わ、私も……零が、大好きだ」

愛音は小さい零を抱きしめながらそう言った。

さっきは「私も楽しい」さえ言えなかった愛音が、勇気を出して愛を伝えた。

「うん！　僕も大好き！」

間髪《かんはつ》入れずに零も、そう言って抱き締めてくれる。

愛音は堪《こら》えきれず、目から大粒の涙が零《こぼ》れていた。

強く、幼い零を抱き締める。

零に心配されないよう、涙が止まるまで抱き締め続けた。

「……零」

「ん？　なぁに、愛姉ちゃん」

愛音は泣きやみ、目を腫《は》らしたまま零と向き合う。

「私、零の自慢の姉になるために、変わる、頑張るから……約束する」

これは、愛音自身への決意の約束。

「？　うん、約束！」

零はあまり意味がわかっておらず、約束という言葉に反応して小指を出す。

愛音も零の小さな指に、優しく自分も小指を出して、指切りをした。

それから愛音は、零の自慢の姉になるために行動した。

時期が中学校から高校に上がる時だったので、容姿を変える時間があった。

美容院に行き、思い切って髪を銀色に染めた。

愛音《あいね》はそれまで勉強ができなかったので偏差値が低い学校に行ったからか、幸いにも髪型を咎《とが》めるようなタイプの学校ではなかった。

メイクも勉強して頑張った。

元々の顔立ちはいいので、すぐに誰もの目を引く美少女となった。

中学校からの知り合いも高校にいて、愛音の姿を見ると驚いていた。

愛音はいじめられていたので、「高校デビューとかダサい」とか陰で言われていたが、構わなかった。

一から自分を変えると決めていた愛音に、そんな陰口などどうでもよかったのだ。

高校に上がって、勉強やスポーツを頑張った。

小学校や中学校の勉強も完璧《かんぺき》ではなかったので、最初はとても苦労した。

しかしそれは自分がやっていなかっただけなので、やるしかなかった。

スポーツも身体《からだ》作りといった面で、筋トレや有酸素運動をして、スタイルを良くした。

もともと不摂生《ふせっせい》な生活をしていて少し太っていたが、誰が見てもスタイルが良いというくらいに頑張った。

そこまで頑張って変わると、もう同じ中学校の生徒でも馬鹿にする子はいなくなった。

学校のテストなどで最初は下のほうだったが、すぐに学年でもトップクラスの成績になった。

もともと学校の偏差値がよくなかったからそれは当たり前だったが、全国模試でもトップの順位にまでなった。

それなのに学校で学年一位をキープできなかったのは、志々目麻里恵《ししめまりえ》がいたからだ。

いつだったか、愛音から「なぜ麻里恵はこの高校にいるのか」と聞いたことがある。

愛音のように後から学力をつけたわけじゃなく、麻里恵は最初から全国模試でもトップの成績を持っていた。

『金髪にしたかったんすよ。高校は別に就職に関係ないし、良い大学に行きさえすればいいっすから、高校は家から近くて校則が緩いところにしただけっす』

麻里恵の答えは、なんともあっさりしたものだった。

そんな麻里恵とは高一の頃から同じクラスで、三年間同じクラスだった。

ずっと学校の成績で一位と二位を競い合い、さらには全国模試でも一位と二位を競い合うようになっていた。

『麻里恵、今日も問題の出し合いをするぞ。前の全国模試も私が負けたからな、次こそ勝つ』

『またっすか？　私にばっかり絡んで、愛音、友達いないんすか？』

『……言うな』

『……ごめんっす』

愛音《あいね》のほうがテストで負けが多かったが、それは愛音が放課後にバイトを多く入れていて、勉強時間を麻里恵《まりえ》よりも取れなかったからだ。

『麻里恵、大学はどこに行くんだ?』

『とりあえずこの国でトップのところっすね、落ちることはまずありえないすから』

『ふむ、そうだよな……なぁ、私に考えがあるんだが』

『なんすか?』

『もう少し下の単位を取りやすい大学に通い、そして、私と一緒に学生のうちに起業をしないか?』

『いいっすね、やりましょう』

『もちろん難しいことはわかっているが、だが……ん? い、いいのか!?』

『愛音のことだから、何か考えはあるんすよね?』

『あ、ああ、だが確実じゃないし、普通にトップの大学に入ったほうが失敗しないと思うが』

『愛音に付き合ったほうが、楽しいっすから』

『っ、麻里恵……!』

『これからよろしくっす、愛音社長』

そして二人は約束通り、少し大学のランクを下げ、学生のうちに起業をした。

愛音は高校のうちにバイトで貯めたお金で奨学金制度を使いながら、大学に通った。

起業はもちろん最初から上手《うま》くはいかなかったが、優秀な二人は協力し合い、失敗を繰り返し学び、ついに成功し……大学を卒業する頃には、大企業の仲間入りを果たしていた。

「大学卒業をして四年か……いろいろとあったが、麻里恵や社員たちのお陰で、さらに会社を大きくして、今に至るということだ」

そこまで話して、愛音は紅茶を一口飲んだ。

もう完全に冷めきってしまっているが、いい茶葉を使っているので味は良い。

「大学に上がると共に私と麻里恵は一緒に暮らし始めて、それからずっと私は家族とは会っていなかった」

約八年間、家族とは一度も連絡を取らなかったし、来ることもなかった。

愛音はテーブルに置いてあるスマホに視線を落とす。

何回かスマホを替えたが、高校の頃から電話番号は変えていない。

自分から連絡を取ることはないと思っていたが、一応あの人たちにも番号を教えてある。

電話番号を変えなかったのは……まだちょっと、期待していたのかもしれない。

あの人たちから、家族から連絡が来ることを。

しかし結果は、今日会った通りだ。

もう自分が社長だと知ったあの人たちから連絡が来ても、全く信用できない。

「……ごめん、なさい、愛姉ちゃん」

いきなり零《れい》にそう言われて、驚きながらも顔を上げる。

零は眉《まゆ》をひそめて、少し泣きそうな顔をしている。

「ど、どうした？　何を謝ることがある？」

「だ、だって……僕、そんな約束をしたことなんて、全然覚えてなくて……！」

どうやら零は、子供の頃のことを覚えてなくて、罪悪感を抱いているようだ。

「なんだ、そんなことか。零はまだ五歳で、覚えてないのも仕方ないだろう」

愛音《あいね》はそう言って零に笑いかける。

だけどそれでも零の顔は晴れなかった。

「でも……！」

「それに私が高校に上がった頃、零も小学校に上がって忙しくなり、私の家に来なくなったからな。私の髪が銀色に染まった頃も知らないだろう？」

「う、うん、それは知らなかったよ」

「あとでその頃の写真でも見るか。その頃の名残《なごり》で、私は銀色、麻里恵《まりえ》は金色のエクステをポイントカラーとして入れてるんだ」

「そうだったんだ……すごい、似合ってるよ」

「ふふっ、ありがとう」

そこまで話し終え、愛音は腕時計を見る。

「もうこんな時間か。長い間話してしまったな、すまない」

「あっ、いや、僕も聞きたかったことだし、大丈夫だよ」

「皿洗いもまだだったな。私がやっておくから、零はお風呂に入ってくれ」

「いや、僕が……」

「私が長話をしたんだ、これくらいさせてくれ」

「……うん、わかった、ありがとう」

零は少し躊躇《ため》らいながらも、リビングを出てお風呂へと行ってくれた。

愛音はテーブルに置いてある紅茶のカップを持ち、キッチンに立って皿を洗っていく。

自分の過去を全部話し、スッキリしたと同時に……少し、残念に思ってしまっていた。

（やっぱり、覚えていなかったか……）

零に言った通り、零はまだ五歳だった。

愛音にとっては人生が変わった瞬間だったが、零にとっては何のこともない、知り合いのお姉ちゃんに「好き」と言っただけの、ただの日常だっただろう。

だから覚えていなくても仕方ない、それはそうなのだが……。

（やはり、寂しく思ってしまうな）

わかっているのだが、そう思ってしまうのは愛音の感情として、仕方ないことだろう。

愛音《あいね》は寂しげに笑いながら、零《れい》に教えてもらったやり方で皿を洗った。

第4章　新たな約束

「おい、零、聞いてるのか?」

「えっ……?」

愛姉ちゃんからいろいろと聞いた、翌日の学校。

気づいたらもう昼休みで、竜鬼《りゅうき》くんが僕の席に来て話しかけてくれていた。

「飯、一緒に食べようぜ」

「あっ、うん、そうだね」

いつも通り席を二つくっつけて、向かい合ってご飯を食べ始める。

「零、昨日はありがとうな、いろいろと」

「……えっ、あ、うん」

「お袋から聞いたが、愛音さんが仕事を紹介してくれたらしいな。今日は前のパートを辞める手続きをして、明日からすぐに研修に入るらしい」

「……そうなんだ」

「お袋からもうバイトを入れなくていいと言われたが……まあ、続けるつもりだ。今さらこの時期に部活に入るのも難しいし、いきなり俺がバイト辞めたら、シフト入れてた店長も困るだろうし、普通にバイトも楽しいしな」

「……そうだね」

「……零《れい》、どうした？　何かあったのか？」

「えっ、な、何が？」

「いや、どう見ても様子が変だが」

返事がおざなりになっていたことを見抜かれ、竜鬼《りゅうき》くんに心配をかけてしまった。

「あの、その……」

「……お袋の仕事の件で、なんかあるのか？　そうだよな、そんな上手《うま》い話なんかあるわけないもんな」

「いや、そうじゃないよ！　それとはまた別で、すごいプライベートのことなんだけどさ……」

「そうか？　零がそんなに悩むのは珍しいな。俺に話せることとか？」

「うーん、全部は話せないけど……相談には乗って欲しいかも」

昨日、話を聞いてからずっと心の中でモヤモヤしていた。

さすがに愛姉ちゃんの過去を全部話すわけにはいかないから、掻《か》い摘《つ》まんで僕がなぜ悩んでいるのかを説明する。

簡単に言えば……僕が、昔のことを覚えてないことだ。

愛姉ちゃんが十五歳、僕が五歳の頃のこと。

僕は近所の愛姉ちゃんの家、厳密に言えば幼馴染《おさななじみ》の心音《ここね》ちゃんの家に遊びに行って、愛姉ちゃんと一緒に遊んだ記憶はある。

とてもよくしてもらって、すごく楽しく遊んでもらったことはおぼろげに覚えていた。

だけど……愛姉ちゃんが言っていた約束のことは、全く覚えていない。

愛姉ちゃんは「仕方ないだろう」と言っていたけど……そう言った愛姉ちゃんの顔から、悲しい、寂しいという感情が僕には見えた。

隠そうとしていたんだろうけど、僕にはわかった。

愛姉ちゃんが自分を変える、人生を変えると決めた、とても大事な約束だ。

そんな大事な約束を、なんで僕は覚えていないんだろう。

昨日からなんとか思い出そうとしても、全然思い出せない。

五歳の頃の記憶なんてそんなもんだろうけど、何とかして思い出したい。

「だから愛姉ちゃんに頼んで、脳の記憶を掘り返す脳手術を受けようか迷ってるんだけど……竜鬼くん、どう思う？」

「……とりあえず、いきなり理解できない内容になってビックリしたな」

「さすがに冗談だよ」

一瞬だけ本気で考えて、スマホで少し調べたけど。

「聞いてると、愛音《あいね》さんも零《れい》にそこまでして思い出して欲しいとは言ってないんだろ？」

「……そうかも。だけど、僕としてはやっぱり、すごい申し訳ないと思ってて」

多分、これは気持ちの問題なんだろうけど。

愛姉ちゃんは「気にしないでいい」と言ってくれたけど、そう言われて気にしなくなるほど器用な性格じゃない。

「どうしたらいいんだろう……愛姉ちゃんは別に謝って欲しいわけじゃないと思うし」

「……そうだな。俺も昔の愛音さんと同じような立場に、今いるかもしれないな」

「えっ、どういうこと？」

「妹たちのことだ。今年は俺が十六歳で、凛《りん》と舞《まい》が六歳だ。零と愛音さんも、そのくらいの年頃に会ったんだろ？」

「あっ、そうだね」

僕と愛姉ちゃんは五歳と十五歳だったけど、ほとんど同じくらいだ。

「凛と舞が俺と約束したこと、例えば『大人になったらお兄ちゃんと結婚する』とかはいつか言わなくなり、そんなことを言ったことさえ忘れてしまうってことだな」

「そう、だね……そう思うとなんだか寂しいね。僕と遊んだことも、忘れちゃうのかな？」

五歳、六歳の頃にしたこと、言ったことなんて、覚えてるほうが珍しいだろう。

「忘れるかもな。だけど別に忘れても何も問題はないだろう」

「えっ……？」

「家族なんてこれからどれだけ一緒にいると思ってんだよ。約束の一つ二つ忘れるのなんて当たり前だろ。俺だって凛と舞が今まで言ったことを全部記憶してるわけじゃねえし」

「だけど、愛姉ちゃんとのことは、すごい大事な約束で……」

「それなら、また新しく約束すればいいだろ」

竜鬼《りゅうき》くんにそう即答されて、僕は目を丸くした。

「新しく、約束……」

「零が昔に何を約束したかは聞いてないが、昔の約束を思い出せないのはしょうがない。だけど今からする大事な約束は、零なら忘れないだろ？」

「……うん」

「じゃあ、やることは決まったな」

竜鬼くんはニッと笑ってご飯を口にした。

……やっぱり、竜鬼くんに相談してよかった。

「ありがとう。やっぱり竜鬼くんはカッコよくて、すごく頼りになるね」

「っ……はぁ、お前はそうやってバカ正直に……」

僕が感謝を伝えると、竜鬼くんは恥ずかしそうに頬《ほお》をかいた。

新しい、約束か……うん、頑張ろう。

その後、学校が終わり放課後になった。

竜鬼《りゅうき》くんは今日もバイトで、今月はすでにバイトをいっぱい入れてしまったから、それは責任を持って全部やるらしい。

来月から少なめにシフトを入れるようだ。

竜鬼くんと学校を出てすぐ別れ、家に帰ろうとした時、後ろから声をかけられる。

「零《れい》くん！」

「あっ……心音《ここね》ちゃん」

以前のように声をかけてくれた心音ちゃんだが、その表情は前のように明るくはない。

「その、一緒に帰ってもいい？」

「うん、大丈夫だよ」

心音ちゃんは僕の隣に並んで一緒に歩き始めるが、やはりどこか表情は暗い。

「……あの、零くん。昨日のことなんだけど」

気まずそうにしながらも、心音ちゃんは話を切り出した。

「その、お姉ちゃんは、大丈夫？」

「うん、大丈夫だよ。今日も普通に仕事行ってるよ」

「私、あんなに両親とお姉ちゃんが仲悪いの知らなくて……」

心音ちゃんも昨日の出来事で、少し落ち込んでいるようだ。

僕も心音ちゃんも、愛姉ちゃんと両親の間に何かあると思っていたけど、あれほどとは思っていなかった。

「心音ちゃん、あの後、両親から愛姉ちゃんの話は聞いた？」

「ううん……聞きたかったけど、お父さんとお母さんの、なんて言うんだろう、『聞いてくるな』みたいな圧がすごくて……」

「……そっか」

「零くんは、聞いた？　なんであんなに仲が悪いのかって、お姉ちゃんに……」

「聞いたよ。だけど……愛姉ちゃんの許可なしには教えられないかな」

特に心音ちゃんには、絶対に僕の口からは言えないような内容だと思う。

「そう、だよね。うん、私も聞くなら、両親かお姉ちゃんから聞きたい」

心音ちゃんもそれには納得してくれた。

「……零くん。私ってもう、お姉ちゃんに会わないほうがいいかな？」

「えっ？」

ビックリして隣にいる心音ちゃんを見たら、眉間《みけん》にシワを寄せて悲しそうな雰囲気だった。

「お姉ちゃん、お父さんとお母さんのこと嫌いだから……一緒にいる私も、会わないほうがいいよね？」

「心音《ここね》ちゃんは、会いたいの？」

「もちろん、会いたいよ。好きだったから。だけど両親と同じように、お姉ちゃんに嫌われてたらどうしようって……」

……これは言っても、いいかな。

「昨日、愛姉ちゃんが言ってたんだけど……心音ちゃんに、ずっと謝りたかったたって」

「えっ？　どうして？」

愛姉ちゃんは、ずっと心音ちゃんを恨んでしまっていた。

両親に自分は愛されず、心音ちゃんは愛されていたから、恨んでしまうのは仕方ないと思う。

幼くて何も知らない心音ちゃんは、愛姉ちゃんを姉として、家族として愛してくれていた。

しかし愛姉ちゃんはそれを昔は、正直に受け止められはしなかった。

だけど今は成長もして、当時のことを振り返ると、心音ちゃんに冷たく当たってしまっていた、と反省しているらしい。

「両親が嫌いだから、心音ちゃんにも冷たく当たっちゃったたって」

「それは、全然大丈夫だけど……お姉ちゃんは、私を嫌いじゃないの？」

「うん、嫌いじゃないと思うよ。それなら、心音ちゃんに会ってちゃんと謝りたい、なんて言わないから」

「そっか……よかった」

心底安心したように笑う心音ちゃん。

その笑顔は少し、愛姉ちゃんと似通ってる部分があった。

「零《れい》くんは今、愛姉ちゃんと住んでるんだよね？」

「うん、そうだよ」

「じゃあ、愛姉ちゃんのこと、よろしくね。愛姉ちゃん、昔、零くんと一緒に遊ぶのが楽しそうだったから」

「うっ……」

昔の約束を覚えていない僕からすると、その話題は心が痛くなるものだった。

「ん？　零くん、どうしたの？」

「……うん、大丈夫」

だけどもう、昔の約束を忘れたことをウジウジ気にしていても、仕方ない。

挽回《ばんかい》じゃないけれど、ちゃんと今の愛姉ちゃんと約束をしないと。

「愛姉ちゃんは、僕に任せて」

「うん、お姉ちゃんをよろしくね、零くん。約束だよ」

幼馴染《おさななじみ》の心音ちゃんとも約束をして、僕は新たな約束をするために家へと帰った。


夕方を過ぎて、日が完全に沈んだ頃。

家のドアが開いた音が聞こえ、「ただいま」といつもよりもちょっと控えめな声が聞こえた。

昨日の愛姉ちゃんの話を聞いてから、朝もほとんど話さなかったから、少し気まずいと思っているのだろう。

「おかえり、愛姉ちゃん！」

だから僕は玄関まで小走りになって迎えにいく。

一緒に住みはじめて結構経っているけど、愛姉ちゃんにおかえりって言うのがちょっと心地よくて、普段よりも大きな声で言ってしまう。

「た、ただいま。すまない、今日は少し帰るのが遅れたな」

「いや、大丈夫だよ。もう夕飯もできてるよ」

「ありがとう」

一緒にリビングに行くと、愛姉ちゃんは少し驚いたように目を見開く。

「今日の夕飯は豪勢だな」

「うん、頑張っちゃった」

いつもよりも食材を多く使い、単純に品数も多く、少し凝った料理も作った。

ちょっと疲れたけど、今日くらいはいいよね。

「何かいいことでもあったのか？」

「うーん、これからする、って感じかな？」

「これから？」

「うん。まずはほら、冷めちゃう前に食べよ」

「あ、ああ、わかった」

や、やっぱり、言うことは決まってるんだけど、少し緊張をしてしまう。

言う内容を決めたからこそ、緊張してしまうんだけど。

僕と愛姉ちゃんは席について、夕ご飯を食べ始める。

初めて愛姉ちゃんに作った料理ばかりなので、愛姉ちゃんはとても美味《おい》しそうに食べてくれた。

食材も今日は奮発して良いのを使ってるからね。

だけど愛姉ちゃんに貰《もら》ってる食費から考えると、毎日このくらい使ってもまだまだ余るんだよなぁ……金銭感覚がくるわないように気をつけないと。

そして三十分後、いっぱいあった料理は綺麗《きれい》に食べ尽くした。

「ふぅ……とても美味しかったぞ、零《れい》」

「ありがとう、愛姉ちゃん」

愛姉ちゃんは結構細いけど、意外とたくさん食べられるようで安心した。

「それで、こんなに美味しい料理を作ってくれて嬉《うれ》しいが、何があったんだ？」

愛姉ちゃんにそう聞かれて、僕は少し緊張しながらも話を切り出す。

「うん……その、昨日も言ったけど、昔の約束を覚えてなくて、ごめんなさい」

「なんだ、まだそのことを気にしていたのか？　じゃあ食事が豪勢だったのも、お詫《わ》びという感じか？」

「いや、まあそれもあるんだけど……新しい約束を、しようと思って」

「新しい、約束？」

昔の約束は、愛姉ちゃんが「自慢の姉になるために変わる、頑張る」といった約束。

それは二人で一緒に守るといった約束ではなく、誓いを立てるような感じだ。

だから僕も、愛姉ちゃんに誓いを立てる。

「愛姉ちゃん、僕は……愛姉ちゃんが好きです」

「なっ……!?」

僕の一言に一瞬で顔を真っ赤にして驚く愛姉ちゃん、僕はそれを見て少し笑みを浮かべながら、言葉を続ける。

「仕事ができて言動がすごくカッコいいところも、家事が本当はできなくて、だけどそれを隠そうとする見栄っ張りな可愛いところも」

「うっ……い、いったい何を……！」

「それに……僕だけに見せてくれた、愛姉ちゃんの弱いところも」

「っ、零《れい》……」

愛姉ちゃんは顔を赤くして目を潤ませながらも、真剣に聞いてくれる。

「最初は完璧《かんぺき》ですごいなぁって思ってたけど、僕の服をいっぱい買ってくれるような甘いところも、ゲームにムキになって遊ぶ子供っぽいところも……いろいろ見てきた」

一息呼吸をし、真っすぐに愛姉ちゃんを見て、震える唇で言葉を続ける。

「僕はそんな愛姉ちゃんが好きで、家族になれて本当に嬉《うれ》しい。これからも家族として、一緒にずっと生きていきたい」

「っ……」

「だから家族として、愛姉ちゃんを支えられるようになりたい。今は愛姉ちゃんにいろいろとしてもらってばっかりだけど、僕も愛姉ちゃんを支えられるように頑張るから」

「零《れい》……」

「約束、するよ」

僕は小指を出して、愛姉ちゃんに向ける。

愛姉ちゃんは目を見開き、涙目になりながら手を出して小指を絡めてくれた。

僕は覚えてないけど、昔と同じ約束の仕方だ。

「愛音《あいね》ちゃん、僕、頑張るね。愛姉ちゃんを支えられるように、守れるように」

「……ああ、わかった。約束だ」

「この約束は、絶対に忘れないから、愛姉ちゃん」

「ふふっ、ああ、これからよろしく、零」

そう言って僕たちは指切りを終えて、二人で顔を合わせて笑った。

エピローグ

Onnasyatyou × Osananajimi Ane

「えっ、なんて言ったんすか?」

零《れい》が愛音《あいね》に新たな約束を、誓いを立てた次の日。

愛音の会社の社長室で、愛音の言葉を麻里恵《まりえ》が聞き返した。

「だ、だから……零くんに、プロポーズされた」

愛音は社長室の椅子《いす》に座り、片手で口元を隠し、顔を赤くしながらもう一度言った。

「……はぁ、そうっすか」

「反応薄いな!」

「まあ、よかったっすね」

「どういう状況だったのか聞きたいだろ? 聞きたいだろ?」

「言いたいだけじゃないっすか?」

「聞きたいんだな、よし話してやろう」

麻里恵がそこまで興味なさそうにしていたのを無視して、愛音は昨日のことを事細かに話す。

愛音としては惚気《のろけ》たいだけだったのだ。

そして、その時の状況、会話を聞いて、麻里恵が思ったのは……。

「それ、プロポーズじゃないっすよね？」

「えっ⁉」

愛音は目をまん丸にして驚いた。

「な、なぜだ⁉　プロポーズだろ⁉」

「いや、まあすごいプロポーズっぽいし、普通だったらプロポーズなんすけど……」

ちゃんと「好き」だと言ったり、「守りたい」や「支えたい」、果ては「一緒にずっと生きていたい」など、プロポーズっぽいことをバンバン言っている。

だが……。

「家族として、って零君は言ってるんすよね？」

「そ、そうだ。だからプロポーズじゃ……」

「いや、零君からしたら、それは弟として姉を支えたい、守りたい、ってことじゃないっすか？」

「なん、だと……？」

とてもショックを受けた様子の愛音。

確かに勘違いしても仕方ないと思うが、それくらい普段の愛音ならわかる気がした。

だからつまり、その時の愛音は普段とは違う心理状態だったということだ。

「というか、愛音は零君からプロポーズされたら、了承するんすね」

「えっ!?　あ、いや、その……」

　プロポーズと勘違いしたことに加え、それを受けたということも赤裸々《せきらら》に話してしまった。

　もちろん愛音《あいね》が麻里恵《まりえ》以外にはこんな簡単に打ち明けることはないだろうが、旧知の仲だからこそ恥ずかしい。

「まあ、いいんじゃないっすか。愛音も零君《れい》以外に結婚する相手なんて、今後絶対に現れないっすもんね」

「ま、まあ、結婚したいと思う相手なんて……うん、いないだろうな」

「というか、もう結婚すればよくないっすか？　零君からのやつはプロポーズじゃなかったけど、愛音からすれば零君なら了承してもらえるんじゃないっすか？」

「なっ!?　そ、それは、わからないが……」

　愛音は顔を真っ赤にして、心底恥ずかしそうに。

「わ、私だって……男性からプロポーズされたい、という願望は、その、あるから……」

「ああ、はいはい、乙女《おとめ》っすね。そういえばいつも少女漫画買ってたっすよね」

「ちょっと待て、なんで知ってる!?」

「一緒に何年も暮らしてたんだから知ってるっすよ」

「めちゃめちゃ隠してたんだが!?」

「何回一緒に愛音の部屋を掃除してあげたと思ってるんすか」

今日も九条《くじょう》グループの社長と秘書は通常モードだった。

◇◇◇

「竜鬼《りゅうき》くん、昨日はありがとう。お陰で愛姉ちゃんと新しい約束をすることができたよ」

「おう、そうか。まあ役に立てたならならよかった」

愛姉ちゃんと新たな約束をした次の日。

僕と竜鬼くんはバイトに入っていて、休憩中に昨日のことを話していた。

「それで、どんな約束をしたんだ？　言いたくない内容なら別に言わなくてもいいが」

「言いたくないっていうんじゃないけど……恥ずかしい、かも」

「そうか、じゃあ別に言わなくても……」

「いや、竜鬼くんにはお世話になったから、言うよ」

約束した内容を言うのは恥ずかしいけど、こういうのって近しい人に言うことによって、自分を鼓舞《こぶ》する効果があるって聞いたことある。

頑張らないといけないから、竜鬼くんにだけは約束の内容を掻《か》い摘《つ》まんで言っておこう。

ということで、愛姉ちゃんと約束したことを言ったんだけど……。

「……えっ、結婚すんの？」

「えっ!?」

第一声でそんなことを言われて、とてもビックリして大きな声を上げてしまった。

バイトの休憩中だけど、ホールまで聞こえたかもと思って慌《あわ》てて口を塞《ふさ》いだ。

「ど、どうして？　なんで、そんな結論に？」

今度は小さな声で竜鬼《りゅうき》くんにそう問いかける。

「だって、言葉がもうプロポーズだっただろ。守りたいとか支えたいとか、一生一緒にいたいとか」

「で、でも、それは家族としてで……」

「夫婦ってことか？」

「ち、ちがっ……！」

また声が大きくなりそうだったので、そこで言葉を止めて一度呼吸をする。

「ただ僕は、愛姉ちゃんを支えられるような男になりたくて、そう約束しただけで……全然プロポーズしたというわけじゃ……」

「そうか。なら問題ない……のか？　いや、愛音《あいね》さんは勘違いしてないか？　大丈夫か？」

「た、多分大丈夫だと思うんだけど……」

愛姉ちゃんは大人だし……いや、だけど子供っぽいところもあるけど。

それでも僕よりも大人で経験豊富だし……そう考えると、なんだか胸のあたりがムカムカするけど。

　とにかく、愛姉ちゃんは勘違いしてないと思う。

「というか零《れい》は、愛音さんと付き合いたいのか？」

「えっ⁉　あ、愛姉ちゃんと……？」

「ああ、どうなんだ？」

「そ、そんな、愛姉ちゃんはお姉ちゃんで、弟の僕と付き合うのなんて……」

「だけど血は繋《つな》がってないから別に問題ないだろ？」

「それはそうだけど……愛姉ちゃんとはその、十歳も離れてるし、愛姉ちゃんも僕を弟としてしか見てないから、無理だよ」

「じゃあ零自身は、別に愛音さんと付き合ったり結婚したりするのは問題ないってことだな」

「うっ……ゆ、誘導尋問だ！」

「普通の質問で零が自爆しただけだ」

　ニヤッとして意地悪なことを言ってくる竜鬼くん。

　だけどそうか、僕と愛姉ちゃんは家族が欲しくて、家族になったけど……夫婦も、家族なんだよなぁ。

　はっ⁉　竜鬼くんのせいで、愛姉ちゃんのことを意識してしまった……！

　うぅ、帰ったら愛姉ちゃんの顔を見れるかな。

「まあ頑張れよ。あの人に釣り合うためには、相当頑張らないといけないと思うから」

「……うん！　頑張るよ！」

竜鬼《りゅうき》くんにそう言われて返事したと同時に、店長からホールに入ってくれという指示がきた。

そして僕たちはバイトに戻った。


バイトが終わり、竜鬼くんと別れて帰路に着く。

日が沈みかけていて、空は夕暮れで暖かなオレンジ色に染まっていて、とても綺麗《きれい》だ。

バイトをしているカフェから家への帰路は、ちょうど太陽へと向かって歩くような形となる。

愛姉ちゃんと久しぶりに会った時も、こんな夕暮れだったなぁ。

そんなことを思いながら超高層マンションに着き、エレベーターに乗る。

……やっぱり長いなぁ。

最上階に着き、エレベーターを降りてドアに鍵を差し込んだけど、すでに開いていた。

あれ、僕、もしかして家を出る時、鍵閉め忘れた？

そう思いながらドアを開けると、中は明かりがついていた。

電気も消し忘れたのかと思ったら、奥から愛姉ちゃんがこちらに来たから目を丸くする。

「えっ、愛姉ちゃん？　今日は早いんだね」

「ああ、今日は仕事が早く終わってな」

「そっか。僕は今日バイトあったからこの時間になっちゃったんだけど」

「そうか、バイトお疲れ様」

「う、うん」

「ん？　どうしたんだ？」

「い、いや、なんでもないよ」

やっぱり竜鬼くんのせいで、変に意識してしまう。

落ち着け、愛姉ちゃんに悟られないようにしないと……！

そう思って少し深呼吸をしていると、愛姉ちゃんが咳払《せきばら》いをした。

「んんっ……零《れい》」

そして愛姉ちゃんは優しく微笑《ほほえ》みながら、その一言を言う。

「おかえり」

「っ……」

そういえば、今までは僕がいつも先に家に帰ることが多かったから、迎えられるということをされたことは一回もなかったかも。

だから愛姉ちゃんも、玄関まで急いで迎えに来てくれたのだろう。

「ただいま、愛姉ちゃん」

僕も笑みを浮かべて、愛姉ちゃんにそう言った。

顔を見合わせて、二人でなんだか楽しくなって笑い合う。

「ふふっ、零《れい》、すまんがご飯は作っていない。まだその、一人で作るのには不安があるからな。零と一緒に作りたいと思って、材料だけは買ってある」

「うん、わかった。じゃあ荷物置いたらすぐにキッチン行くから」

「ああ、ありがとう。バイトで疲れているところ悪いな」

「お互い様だよ」

そして僕たちはキッチンに立ち、並んで一緒に夕ご飯を作った。


もしかしたら……今後、僕と愛姉ちゃんの関係は、いつか変わるのかもしれない。

それは明日なのかもしれないし、明後日かもしれないし……もっと先のこと、何年も未来かもしれない。

この世で不変なことなんて、数少ないのだから。

形あるものも、形ないものも、いずれは変わっていく。

だから僕と愛姉ちゃんの関係も、いつかは変わっていくのだろう。

だけど、これだけは変わらない、不変だと断言できるのは——。

——僕と愛姉ちゃんが、家族だということだ。

あとがき

こんにちは、作者のｓｈｉｒｙｕ《シリュー》です！

この度は本作を手に取っていただき、誠にありがとうございます！

本作は個人的な話になりますが、自身初の完全書き下ろし作品になります。

今までは小説投稿サイトなどに出した作品を拾ってもらったり、公募で受賞した作品の出版でした。

一から編集者の方と企画を出して改稿していき、書籍になったのは初めてです。

なのでとても感慨深いですし、全力を出して書いた作品となっています。（いつも全力ですが、いつも以上に何か特別な力を使った気がします）

こうして形になり読者の皆様のもとに届いて読んでいただいて、本当に嬉《うれ》しいです！

本作は読んでいただいた方、というかタイトルを見た方ならわかると思いますが……「おねショタ」を意識して企画しました。

男なら誰だって綺麗《きれい》で可愛い素敵なお姉さんに養われる夢を、持ったことがあると思います。

本作を読んで「やっぱり年上のお姉さんって最高だな！」と思ってくれた方が一人でもいた

ら、大変うれしく思います。

その綺麗で優しい最高のお姉さんを描いてくださった、イラストレーターのうなさか先生。本当に素晴らしいキャラデザ、イラストをありがとうございます。

自分のキャラクターがイラストレーターの方に描いてもらって、編集者から届いた時の高揚感は何度味わっても最高です。

そして、編集者の小山玲央様。初めての書き下ろし作品で不慣れな部分もありましたが、一緒に企画を作っていただき、とても感謝しております。

思えば自分が最初に出会った編集者の方が、小山さんでした。

ほとんど途切れず一緒にお仕事をさせていただくことになるとは、当時は思いませんでした。

デビューして四年ほど経ってもまだまだ未熟ですが、これからもよろしくお願いします。


そして読者の皆様、本作を手に取っていただき本当にありがとうございます！

本作はまだまだ書きたいストーリーが山ほどあります！

面白いと思っていただいたのなら、本作をＳＮＳなどで感想を呟《つぶや》いたり、友達などに勧めていただいたら、続刊が出るかもしれません。

読者の皆様と二巻のあとがきで再会することを、楽しみにしております！

以上、ここまでのお相手はｓｈｉｒｙｕでお送りいたしました！

AGAGA
ガガ文庫

が離婚したら、女社長になった幼馴染お姉ちゃんとの同棲が始まりました

iryu

2022年11月23日　初版第1刷発行

人　鳥光 裕

人　星野博規

小山玲央

所　株式会社小学館
〒101-8001 東京都千代田区一ツ橋2-3-1
[編集]03-3230-9343　[販売]03-5281-3556

ー印刷　株式会社美松堂

・製本　図書印刷株式会社

ted in Japan　ISBN978-4-09-453100-8